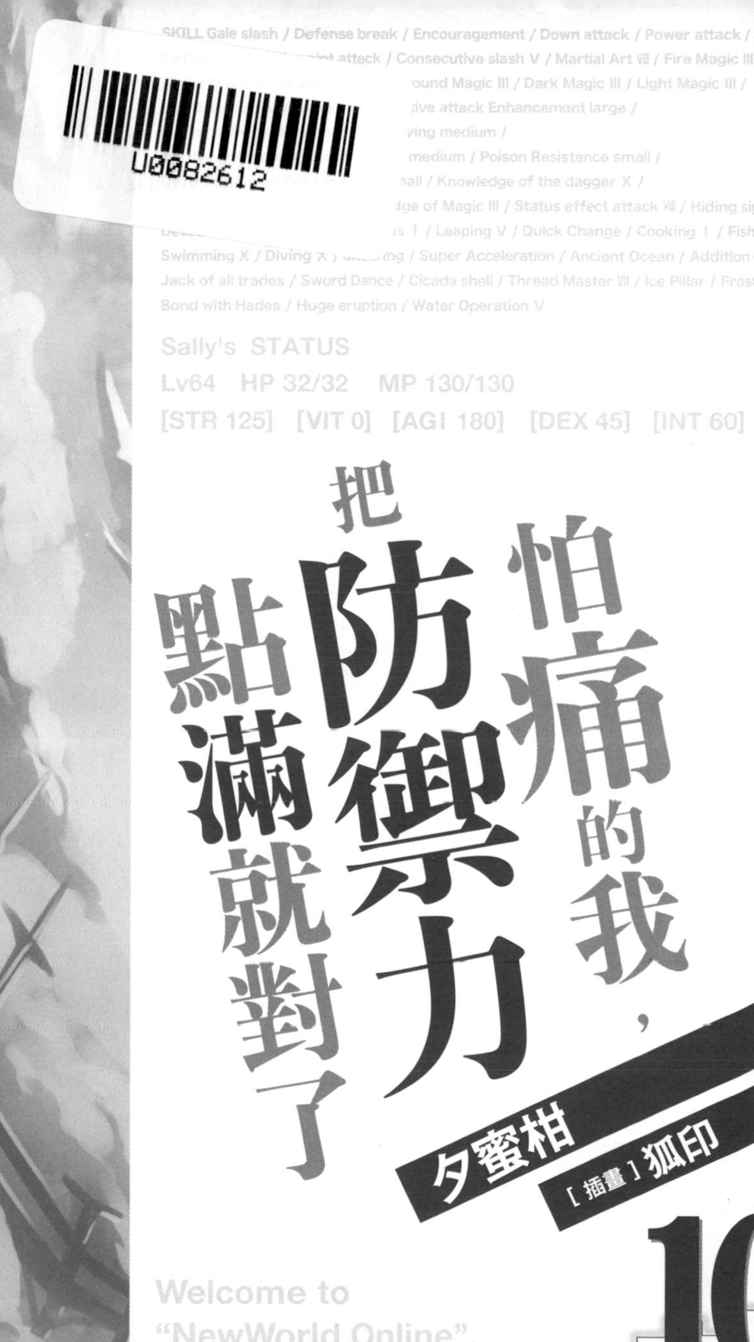
U0082612
SKILL Gale slash / Defense break / Encouragement / Down attack / Power attack /
attack / Consecutive slash V / Martial Art Ⅷ / Fire Magic Ⅲ /
ound Magic Ⅲ / Dark Magic Ⅲ / Light Magic Ⅲ /
tive attack Enhancement large /
ving medium /
medium / Poison Resistance small /
nall / Knowledge of the dagger X /
dge of Magic Ⅲ / Status effect attack Ⅷ / Hiding sign
/ Leaping V / Quick Change / Cooking Ⅰ / Fishin
Swimming X / Diving X / ing / Super Acceleration / Ancient Ocean / Addition of
Jack of all trades / Sword Dance / Cicada shell / Thread Master Ⅶ / Ice Pillar / Frost z
Bond with Hades / Huge eruption / Water Operation V
Sally's STATUS
Lv64 HP 32/32 MP 130/130
[STR 125] [VIT 0] [AGI 180] [DEX 45] [INT 60]
怕痛的我，
把防禦力
點滿就對了
夕蜜柑
[插畫]狐印
10
Welcome to
"NewWorld Online".
Kadokawa Fantastic Novels

# CONTENTS

All points are divided to VIT.
Because
a painful one isn't liked.

0850 1048 4070 7603

# NewWorld Online STATUS

GUILD 大楓樹

NAME 梅普露 Maple

Lv 62

HP 200/200 MP 22/22

## PROFILE

最強最硬的塔盾玩家

雖然是遊戲新手，卻因為全點防禦力而成了幾乎能無傷抵擋所有攻擊的最硬塔盾玩家。個性純真，能從任何角落找出樂趣，經常因為思想太跳躍而嚇傻身邊的人。戰鬥時不僅能使各種攻擊形同無物，還會打出各式各樣強力無比的反擊。

## STATUS

STR 000 VIT 16170 AGI 000

DEX 000 INT 000

## EQUIPMENT

新月 skill 毒龍

闇夜倒影 skill 暴食 / 水底的引誘

黑薔薇甲 skill 流滲的混沌

感情的橋梁 強韌戒指

生命戒指

## SKILL

盾擊 步法 格擋 冥想 嘲諷 鼓舞 沉重身軀

低階HP強化 低階MP強化 深綠的護祐

塔盾熟練Ⅷ 衝鋒掩護Ⅵ 掩護 抵禦穿透 反擊 快速換裝

絕對防禦 殘虐無道 以小搏大 毒龍吞噬者 炸彈吞噬者 綿羊吞噬者

不屈衛士 念力 要塞 獻身慈愛 機械神 蠱毒咒法 凍結大地

百鬼夜行Ⅰ 天王寶座 冥界之緣 結晶化 大噴火 不壞之盾

## TAME MONSTER

Name 糖漿 防禦力極高的龜型怪物

巨大化 精靈砲 大自然 etc.

points are divided to VIT. Because a painful one isn't liked

Welcome to "NewWorld Online"

# NewWorld Online STATUS

GUILD 大楓樹

NAME 莎莉 Sally

LV 64

HP 32/32 MP 130/130

## PROFILE

絕對迴避的暗殺者

梅普露的死黨兼夥伴，做事實事求是。很照顧朋友，不忘和梅普露一起享受遊戲。採取輕裝配雙匕首的戰鬥風格，憑藉驚人專注力與個人技術閃躲各種攻擊。

## STATUS

STR 125 VIT 000 AGI 180

DEX 045 INT 060

## EQUIPMENT

深海匕首 水底匕首

水面圍巾 skill 幻影

大海風衣 skill 大海

大海衣褲 死人腳 skill 步入黃泉

感情的橋梁

## SKILL

「疾風斬」「破防」「鼓舞」

「倒地追擊」「猛力攻擊」「替位攻擊」「精準攻擊」

「快速連刺Ⅴ」「體術Ⅷ」「火魔法Ⅲ」「水魔法Ⅲ」「風魔法Ⅲ」「土魔法Ⅲ」「闇魔法Ⅲ」「光魔法Ⅲ」

「高階肌力強化」「高階連擊強化」

「中階MP強化」「中階MP減免」「中階MP恢復速度強化」「低階抗毒」「低階採集速度強化」

「匕首熟練Ⅹ」「魔法熟練Ⅲ」「匕首精髓Ⅰ」

「異常狀態攻擊Ⅷ」「斷絕氣息Ⅲ」「偵測敵人Ⅱ」「躡步Ⅰ」「跳躍Ⅴ」「快速換裝」

「烹飪Ⅰ」「釣魚」「游泳Ⅹ」「潛水Ⅹ」「剃毛」

「超加速」「古代之海」「追刃」「博而不精」「劍舞」「金蟬脫殼」「操絲手Ⅶ」「冰柱」「冰凍領域」

「冥界之緣」「大噴火」「操水術Ⅴ」

## TAME MONSTER

Name 朧 能以豐富技能擾亂敵人的狐型怪物

「瞬影」「影分身」「束縛結界」 etc.

ll points are divided to VIT. Because a painful one isn't li

Welcome to "NewWorld Online

0557 4654 3729 1094

# NewWorld Online STATUS ‖ GUILD 大楓樹

NAME 克羅姆 Kuromu LV 82

HP 940/940 MP 52/52

## PROFILE

不屈不撓的殭屍坦

NewWorld Online的知名高等老玩家，是個很照顧人的大哥哥。和梅普露一樣是塔盾玩家，身上的特殊裝備使他無論遭遇何種攻擊都能以50%機率留下1HP，並具有多種補血技能，能極為頑強地維持戰線。

## STATUS

STR 135 VIT 180 AGI 040

DEX 030 INT 020

## EQUIPMENT

斷頭刀 skill 生命吞噬者

怨靈之牆 skill 吸魂

染血骷髏 skill 靈魂吞噬者

染血白甲 skill 非死即生

頑強戒指 鐵壁戒指

感情的橋梁

## SKILL

突刺 屬性劍 盾擊 步法 格擋 大防禦 嘲諷

鐵壁姿態

護壁 鋼鐵身軀 沉重身軀

高階HP強化 高階HP恢復速度強化 高階MP強化 深綠的護祐

塔盾熟練X 防禦熟練X 衝鋒掩護X 掩護 抵禦穿透 反擊

防禦靈氣 防禦陣形 守護之力 塔盾精髓Ⅷ 防禦精髓Ⅵ

毒免疫 麻痺免疫 暈眩免疫 睡眠免疫 冰凍免疫 高階燃燒抗性

挖掘Ⅳ 採集Ⅶ 剃毛

精靈聖光 不屈衛士 戰地自癒 死靈淤泥 結晶化 活性化

## TAME MONSTER

Name 涅庫羅 穿在身上才能發揮價值的鎧甲型怪物

幽鎧裝甲 反射衝擊 etc.

oints are divided to VIT. Because a painful one isn't like

elcome to "NewWorld Online"

# NewWorld Online STATUS

GUILD 大楓樹

NAME 伊茲 Iz

Lv 68

HP 100/100 MP 100/100

## PROFILE

超一流工匠

對製作道具有強烈執著，並引以為傲的生產特化型玩家。在遊戲世界能隨心所欲製造各種服裝、武器、鎧甲或道具，是這款遊戲對她而言最大的魅力。雖然平時會盡可能避免戰鬥，最近也經常以道具提供支援或直接攻擊。

## STATUS

【STR】045 【VIT】020 【AGI】080

【DEX】210 【INT】085

## EQUIPMENT

鐵匠鎚・X

鍊金術士護目鏡 skill 搞怪鍊金術

鍊金術士風衣 skill 魔法工坊

鐵匠束褲・X

鍊金術士靴 skill 新境界

藥水包 腰包

感情的橋梁

## SKILL

【打擊】

【製造熟練X】【工匠精髓X】

【高階強化成功率強化】【高階採集速度強化】【高階挖掘速度強化】

【高階增加產量】【高階生產速度強化】

【異常狀態攻擊Ⅲ】【踏步Ⅴ】【望遠】

【鍛造X】【裁縫X】【栽培X】【調配X】【加工X】【烹飪X】【挖掘X】【採集X】【游泳Ⅶ】【潛水Ⅷ】

【剃毛】

【鍛造神的護祐X】【洞察】【附加特性Ⅳ】【植物學】【礦物學】

## TAME MONSTER

Name 菲 幫助製作道具的小精靈

【道具強化】【再利用】 etc.

ll points are divided to VIT. Because a painful one isn't li

Welcome to "NewWorld Online

2128 0779 2864 5999

# NewWorld Online STATUS

GUILD 大楓樹

NAME 霞 Kasumi

LV 79

HP 435/435 MP 70/70

## PROFILE

孤絕的舞劍士

善用武士刀，是實力高強的單打型女性玩家。個性沉著，時常退一步觀察狀況，但梅普露＆莎莉這對破格拍檔還是會讓她錯愕得腦筋短路。擅長以變化自如的刀技應付各種戰局。

## STATUS

STR 205 VIT 080 AGI 095

DEX 030 INT 030

## EQUIPMENT

蝕身妖刀·紫 櫻色髮夾

櫻色和服 靛紫袴裙 武士脛甲

武士手甲 金腰帶扣

感情的橋梁 櫻花徽章

## SKILL

「一閃」「破盔斬」「崩防」「掃退」「立判」「鼓舞」「攻擊姿態」

「刀術X」「一刀兩斷」「投擲」「威力靈氣」「破鎧斬」「高階HP強化」

「中階MP強化」「高階攻擊強化」「毒免疫」「麻痺免疫」「高階暈眩抗性」「高階睡眠抗性」

「中階冰凍抗性」「高階燃燒抗性」

「長劍熟練X」「武士刀熟練X」「長劍精髓VI」「武士刀精髓VII」

「挖掘IV」「採集VI」「潛水V」「游泳VI」「跳躍VII」「剃毛」

「望遠」「不屈」「劍氣」「勇猛」「怪力」「超加速」「常在戰場」「心眼」

## TAME MONSTER

Name 小白 擅長藉濃霧偷襲的白蛇

「超巨大化」「麻痺毒」 etc.

oints are divided to VIT. Because a painful one isn't liked

elcome to "NewWorld Online"

# NewWorld Online STATUS ‖ GUILD 大楓樹

NAME 奏 ‖ Kanade

LV 55

HP 335/335 MP 250/250

## PROFILE

**難以捉摸的天才魔法師**

具有中性外表和卓越記憶力的天才玩家。雖然擁有這樣的頭腦讓他平時避免與人接觸，但遇到純真的梅普露之後很快就和她打成一片。能夠事先將魔法製成魔導書存放起來，有需要再拿出來用。

## STATUS

STR 015 VIT 010 AGI 090

DEX 050 INT 115

## EQUIPMENT

- 諸神的睿智 skill 神界書庫
- 方塊報童帽・Ⅷ
- 智慧外套・Ⅵ
- 智慧束褲・Ⅷ
- 智慧之靴・Ⅵ
- 黑桃耳環
- 魔導士手套
- 感情的橋梁

## SKILL

「魔法熟練Ⅷ」「快速施法」

「高階MP強化」「高階MP減免」「高階MP恢復速度強化」「中階魔法威力強化」「深綠的護祐」

「火魔法Ⅶ」「水魔法Ⅴ」「風魔法Ⅶ」「土魔法Ⅴ」「闇魔法Ⅲ」「光魔法Ⅶ」

「魔導書庫」「死靈淤泥」

「魔法融合」

## TAME MONSTER

Name 湊 能複製玩家能力的史萊姆

「擬態」「分裂」 etc.

l points are divided to VIT. Because a painful one isn't li

Welcome to "NewWorld Online

5615 1896 1080 8803

# NewWorld Online STATUS

GUILD 大楓樹

NAME 麻衣 Mai

Lv 50

HP 35/35 MP 20/20

## PROFILE

學生侵略者

梅普露所發掘的全點攻擊力新手玩家，結衣的雙胞胎姊姊。總是努力想彌補缺點，好幫上大家的忙。擁有遊戲內最頂級的攻擊力，敵人膽敢接近她們，就會被她們的雙持巨鎚砸個粉碎。

## STATUS

STR 500 VIT 000 AGI 000

DEX 000 INT 000

## EQUIPMENT

破壞黑鎚・X

黑色娃娃洋裝・X

黑色娃娃褲襪・X

黑色娃娃鞋・X

小蝴蝶結 絲質手套

感情的橋梁

## SKILL

「雙重搥打」「雙重衝擊」「雙重打擊」

「高階攻擊強化」「巨鎚熟練X」

「投擲」「遠擊」

「侵略者」「破壞王」「以小搏大」「決戰態勢」

## TAME MONSTER

Name 月見 有一身亮眼黑毛的熊型怪物

「力量平分」「星耀」 etc.

oints are divided to VIT. Because a painful one isn't like

elcome to "NewWorld Online"

# NewWorld Online STATUS

GUILD 大楓樹

NAME 結衣 Yui

LV 50

HP 35/35 MP 20/20

## PROFILE

變生破壞王

梅普露所發掘的全點攻擊力新手玩家，麻衣的雙胞胎妹妹。個性比麻衣更積極，更容易振作。擁有遊戲內最頂級的攻擊力，遠距離的敵人會被伊茲為她們製作的鐵球砸個粉碎。

## STATUS

STR 500 VIT 000 AGI 000

DEX 000 INT 000

## EQUIPMENT

- 破壞白鎚・X
- 白色娃娃洋裝・X
- 白色娃娃褲襪・X
- 白色娃娃鞋・X
- 小蝴蝶結
- 絲質手套
- 感情的橋梁

## SKILL

【雙重搥打】【雙重衝擊】【雙重打擊】

【高階攻擊強化】【巨鎚熟練X】

【投擲】【遠擊】

【侵略者】【破壞王】【以小搏大】【決戰態勢】

## TAME MONSTER

Name 雪見 有一身亮眼白毛的熊型怪物

【力量平分】【星耀】 etc.

points are divided to VIT. Because a painful one isn't li

Welcome to "NewWorld Online

# 序章

【大楓樹】八名成員依照預定目標挑戰第八次活動複賽最高難度，在經過時間加速的活動場地蒐集了三天的銀幣。

活得愈久，配給的銀幣就愈多，提升生存力自然是第一要務，但散布於場地上的地城藏有額外銀幣。只要步步為營，活著攻克地城，就能獲得更好的成果。

在這樣的活動裡，梅普露等人在第一天分為兩組，運用新戰力——魔寵，一一順利擊敗地城魔王。

儘管這次活動若是不幸身亡就當場結束，但只要以防禦力卓越的梅普露為中心，讓生存力強的眾打手帶頭謹慎開路，除非遇到太誇張的意外，否則一點問題也沒有。

梅普露幾個第一天並不貪心，很早就結束探險，第一天平安落幕。

但沒想到，他們八個第二天就被活動機制強制拆散，分別傳送到不同地方去了。

玩家們就這麼在不能傳訊息互相聯絡，不准看地圖，怪物還狂暴化的惡劣條件下隨機傳送到場地各個位置，而強者生存是必然的結果。於是梅普露等【大楓樹】成員開始與碰巧遇見的【聖劍集結】和【炎帝之國】成員攜手作戰。

三個公會用梅普露的高空自爆煙火為信號會合於一地，回到【大楓樹】原來的據點重新布置，成功迎擊第二天的怪物攻勢。

十六人經此一戰而得知怪物強度後，壯起膽來外出尋找地城。他們混編成能善加搭配的四組人馬，各自攻略地城帶回銀幣，等待第三天的到來。

到了第三天，場地上出現了比第八次活動還要巨大，從任何位置都看得見的魔王，對整個場地進行猛烈攻擊。然而梅普露依然與培因、蜜伊等人聯手擊敗魔王，獲得足夠的技能銀幣，圓滿完成活動。

# 第一章　防禦特化與重遊第一階

第八次活動結束，【大楓樹】達成預期目標，再來要傷腦筋的就只有怎麼使用銀幣了。在活動中取得的銀幣，可以用來交換稀有技能或道具。

梅普露和莎莉的裝備已經很難更動，想要的只有技能而已。

而兩人正好在放學回家的路上聊這個話題。

「楓，妳決定拿什麼技能了嗎？」

「還沒喔～我想研究到最後一天再換。」

「跟其他人一樣啊～」

「那妳呢？」

「我也是。下次活動還要等一段時間，目前又沒什麼特別想要的技能，不急。」

理沙說得沒錯，以公會戰力為重的第八次活動才剛結束，【大楓樹】並不急需提升戰力。況且第七階地區特別大，第八階多半還要好一陣子才會上線，眼前沒有目標可言。

「又可以慢慢玩嘍！」

「是啊。我們就一邊練等一邊找技能，準備下一次活動吧。」

聽理沙這麼說，楓忽然有個好點子，表情亮了起來。

「……對了！既然要找技能，我們就一起到以前的階層去找怎麼樣？還有很多地方沒去過的說！」

「是沒錯，ＮＷＯ每階的地圖都滿大的。既然第一階都能拿到【絕對防禦】了，搞不還有得挖呢。」

理沙也覺得探索未知地區是個不錯的主意，楓也親身證明了遊戲地圖裡隱藏著很多祕密。只是從楓的表情能明顯看出，尋找技能和道具並不是她的主要目的。

「呵呵，那好吧。我們就回去觀光，順便找技能好了。」

「哈哈哈，露餡啦？」

「還好啦。沒關係，我們就去找好景點吧。不用事先排計畫吧？」

「嗯！我們來找還沒看過的祕境！」

戰鬥固然有其樂趣，但單純在遊戲世界裡到處閒逛也別有一番樂趣。

剛在活動中經歷一場激戰的兩人，決定從第一階開始慢慢逛回第七階。

「啊，第六階當然是不會去的啦！」

第六階是莎莉避之唯恐不及的恐怖主題區，逛都不敢逛。實在沒必要特地去那種地方透氣。

「好喔……謝謝妳的貼心……那晚點線上見喔。」

「嗯！」

兩人在回家路上揮手告別。理沙看楓踏著期待的腳步跑遠，臉上不禁湧出笑容。

接著一面走回家，一面回想過去冒險的種種。

楓從來不曾陪她玩一款遊戲這麼久，更遑論到現在都玩得很開心了。這讓理沙慶幸得不得了，但想到這種日子何時會結束也免不了有點不安。

「……那就要把握當下了！她是第一次玩得這麼入迷嘛。」

現在，她玩得很開心，自己也很開心。

這樣就夠了。理沙對自己這麼說，為回家上線而加快腳步。

趕回家的理沙換好衣服就立刻登入，在遊戲裡以莎莉的身分等待梅普露出現。

「抱歉～！等很久了嗎？」

「不會，我剛到。那個，今天真的什麼計畫都沒有喔？」

莎莉再次確定梅普露的想法，而她笑咪咪地說真的不需要計畫，到處閒晃就行了。

「那就出發啦。現有的階層應該沒有怪打得贏我們，不需要準備吧。」

「嗯，出發出發～！」

梅普露和莎莉就此傳送到第一階，環顧城鎮。

現在遊戲範圍比她們剛開時多很多，玩家分散，城裡的人自然就少了。但儘管如此，依然是活力蓬勃的樣子。

「好久沒來了呢。」

「因為我們時間都花在探索新地區上嘛。」

「要先往哪走？」

「哪裡都行呀，梅普露妳喜歡就好。」

「那就先逛街！」

「ＯＫ～」

兩人就此逛起街來。她們前陣子也曾回到第一階城鎮逛過一次，而玩家和建築物都出現了明顯的變化。

主要是原本沒有的玩家店鋪。由於玩家大多聚集在最新和最早的階層，第一層城鎮便需要這樣的地方。

「話說沒幾個是穿新手裝耶。」

「既然這個遊戲有很多種裝備和衣服，要找到外觀和能力都喜歡的來穿不難吧。」

「說得也是。」

「有些氣氛是只有一開始才體驗得到的啦。」

「這樣啊～」

梅普露和莎莉沿路挑沒見過的店鋪逛。有許多飾品、服裝、給已經建立公會的玩家用的家具等，每間都很豐富，不輸第七階城鎮。

「喔喔～！好多喔！」

「有些東西要等級夠才做得出來，像伊茲姊那種最前線的工匠不曉得會不會也來這裡開店喔？」

「買衣服真的好開心喔。」

見梅普露噠噠噠地直往店裡走，莎莉也進門裡去。

「要買點東西嗎？」

「嗯～就買一點吧～」

「畢竟剛剛妳引起了一些注意嘛。」

「唔唔，之前也是這樣。感覺怪怪的。」

梅普露的人形和非人形都很出名。穿這身顯眼的鎧甲，想不引人注意也難。當然，莎莉也是如此。

「這麼引人注意實在很難觀光，我們就改一下衣服跟外觀吧！」

「那麼穿之前買的衣服就好了吧？就這個！」

梅普露迅速更換裝備，變成一身白洋裝的長髮女孩。

「妳不是也有嗎？」

「唔，我……有是有啦，可是那有點……」

莎莉覺得那造型太可愛不適合她，但立刻被梅普露打回票。

「那至少讓我換個髮型！這樣可以吧？」

「嗯～批准。」

「呵呵，謝啦。」

獲得梅普露同意後，莎莉也跟著換裝。儘管同樣是以藍色為主，但多了很多滾邊，下半身也是平時很少穿的裙子。髮型不是以前跟衣服同時買的雙馬尾，就只是放下平時的馬尾而已。

「唔……沒什麼驚喜耶。」

看著梅普露搓下巴動腦筋，莎莉心裡一急，不過立刻想到了一個好主意。

「沒關係啦，這樣我們都一樣，也不錯啊！」

梅普露往她同樣直直放下的長髮瞄一眼，放鬆表情。

「嘿嘿嘿，好喔～」

「ＯＫ！那我們就繼續看小飾品吧，我們原本的目的就是這個嘛。」

「也對！莎莉妳想找什麼？」

兩人一面心想【公會基地】裡自己的房間擺設，一面看家具一覽表。這種東西是可以請伊茲製作，但是在這種地方自己買也不錯。

「嗯～在基地的時候幾乎都是在大廳耶。」

「我在自己房間擺了很多家具喔！可是到野外練等就看不到了……」

「這樣啊，改天可以去看看嗎？」

「當然可以！不曉得能不能給妳當參考就是了。啊，這種的很適合妳吧？」

梅普露列舉了幾個造型簡約出色的家具，莎莉仔細查看以後發現的確很喜歡，全買下來了。

「喔～！豪氣耶！」

「打怪練等就賺了很多嘛。現在跟以前不一樣，口袋滿滿喔。」

「好好喔～我一直都很缺錢耶～」

「妳太愛亂買東西了。」

「又要開始存錢了……」

「我會幫妳的啦。」

「謝謝！嗯嗯，先把想買的東西標記起來。」

看完整間店以後，她們繼續逛街。

計畫順利成功，變裝以後再也沒人一眼就認出梅普露和莎莉。不再受人注目讓兩人相視而笑，又進入下一間店鋪。

她們剛開始遊戲時，也在這間店裡吃過蛋糕。這次她們也一樣，點了蛋糕就開始聊天。

「梅普露，妳那次以後就沒來過了嗎？」

「嗯，新階層有太多事要做了。」

「是啦，老是在趕進度也很辛苦。」

「就是說啊，難得可以喘一口氣。」

「真的。梅普露，妳最喜歡哪一階啊？」

「好難選喔……每個都很喜歡耶！」

「我就知道妳會這樣講。」

以天真無邪的笑容回答的梅普露，似乎是打從心底享受每一個階層。不只是表面上，而是真心如此。

「莎莉妳呢？」

「嗯～只要有妳在，基本上哪裡都喜歡。」

「嘿嘿嘿，真的？」

「當然呀，所以才找妳來玩嘛。」

「幸好這次我戰鬥很厲害。以前妳找我玩的遊戲，我都玩得不怎麼樣。」

「這次是有點太厲害了啦。」

「哈哈哈，是啊。」

莎莉遠比梅普露擅長玩遊戲，像這樣不必刻意配合也能有同等強度的狀況，實在十分罕見。

兩人就這麼邊吃蛋糕邊聊，突然間莎莉沉默片刻，說道：

「妳會不會想……」

「？」

梅普露等著莎莉說完，結果她笑了笑，改變主意翻開菜單。

「沒有啦，我是問妳還想不想吃其他蛋糕。菜單給妳～」

「咦，嗯！要要要！妳呢？」

「我當然也要。啊，可是不能像上次那樣吃到忘記時間喔，觀光之旅才剛開始而已。」

「也對，注意一點！」

兩人又繼續和樂融融地往蛋糕動叉子。

吃完蛋糕的兩人心滿意足地跨出店門，掃視城鎮一圈後決定到野外去。

「梅普露，第一階的話妳不穿甲也沒關係吧？」

「呵呵呵，那當然！脫光光ＶＩＴ也有四位數喔！」

安全起見，梅普露只裝備不顯眼的短刀，塔盾之類的都收起來了。

拿那麼招搖的塔盾出來，任誰都會一眼就認出她。

「戰鬥就交給我吧，我才不會輸給第一階的怪物呢。」

「嗯，看妳的嘍！」

可是兩人走到城門才開始想要往哪裡走。

「要去哪裡呀？」

「妳想去哪裡就去哪裡呀。不過呢……」

莎莉打開地圖，梅普露也把頭探過來。

「之前來這裡探索的時候，我們去了這裡和這裡嘛。這裡是地底湖沒錯吧？」

「嗯嗯。」

「好玩的事件和像是祕密地點的地方，應該不太會集中在一個地方吧？」

「應該是這樣沒錯！」

「那就往沒去過的地方走……這附近吧。以這裡為中心繞一繞怎麼樣？」

「嗯！就這麼辦！」

「那就決定嘍！好久沒揹妳了，要嗎？」

「我要我要！」

若梅普露不使用糖漿的空中浮游和【暴虐】等象徵性移動手段，那就只剩下這招了。

莎莉揹起梅普露，確定她的手在肩上扶好後起跑。

「妳一開始真的好慢喔！」

「現在有克服一點了喔！」

「現在是妳揹我比較多吧？」

「算是報答妳啦！」

「好好好。遇到怪物我會盡量躲開喔！」

莎莉的ＡＧＩ提升很多，以遠超乎當初的速度破風而行。

「呵呵，本列車很快就會抵達目的地，請耐心等候喔！」

「好～！」

兩人就這麼來到相中的地點。莎莉在充滿葉隙流光與陣陣鳥鳴的森林入口處放下梅普露，再度檢視地圖。

「這裡沒錯吧。森林很大，說不定真的有什麼喔。」

「完全沒看到其他人耶，在這裡就已經很美了呢。」

「因為這裡離城鎮很遠，怪物算強的吧？」

「這樣啊～既然沒人，那我用【獻身慈愛】嘍？」

儘管不認為莎莉會隨隨便便就被怪物打中，但她ＨＰ和ＶＩＴ依然和新手時期無異，即使等級提升了也仍是一擊就死。

「我也想慢慢走，那就拜託妳啦。」

「好～！」

梅普露發動【獻身慈愛】保護莎莉走進森林。森林如莎莉所言，相當廣大，兩人便看著地圖探索，以免在原地打轉。

「啊！有松鼠耶，莎莉！」

「牠們是撲過來咬妳的啦！」

在森林中活動的生物大多是怪物。一隻比正常大一點的松鼠從草叢迅速撲向梅普露，而她張開雙手迎接。扣除不停猛抓這點，毛茸茸的松鼠是挺可愛的。

「抓到嘍！」

「要注意衣服的耐用度喔？」

「啊，對喔。那我把牠……放這邊！」

梅普露將松鼠放在頭上後鬆開手，只見松鼠在頭頂和脖子之間繞來繞去，抓抓咬咬攻擊個不停，但沒有任何效果。

「城鎮附近大多是昆蟲類的怪物，這邊的看起來可愛多了。」

「嗯！還有沒有其他的要撲過來呢……啊！」

松鼠似乎是發現咬不傷她，跳下她腦袋跑進草叢裡了。

「對喔～現在會逃跑。」

「反正那看起來不是稀有怪，過一段時間又會跑來找妳吧。」

「哼哼，隨時歡迎喔！」

梅普露對未來的怪物這麼說，又繼續在林中漫步。

「嗯～這森林還滿……普通的？還以為這麼大會有東西呢。」

「能慢慢走就很好玩嘍？用散步的感覺逛！」

「是喔，那就好。要不要拿東西出來吃？」

莎莉說完就從道具欄取出能一手拿著吃三明治交給梅普露。

「謝啦，我吃嘍～！……嗯，莎莉妳看！」

「咦？啊，蝴蝶……？」

一抹閃亮的藍色浴光飛行在綠意盎然的森林裡，十分醒目。

「會不會是稀有怪啊？之前都是小動物型的。」

「要飛走了！跟去看看吧！」

「ＯＫ～！」

莎莉揹起梅普露，敏捷地繞開樹木追逐青蝶，然而遲遲追不上。

「還真快……但我不可能追丟第一階的怪物啦！」

「莎莉加油！」

「看我的，我會跟緊的……！」

又跟了一段時間後，樹林彼方的光線愈發強烈，兩人來到開闊處。

廣場中央有棵較大的樹，底下是大片五彩繽紛的花海，更多青蝶在此翩翩飛舞。

「喔～！」

「會是事件嗎……不太像耶？」

莎莉放下梅普露，兩人一起往花海走。梅普露在花叢裡開心地轉幾圈，又蹲下來查看腳邊的花。

「唔，好像不能摘回去耶。」

「是喔，那就拍照留念吧？」

「嗯！莎莉，這邊這邊！」

兩人以大樹花海為背景拍一張照。莎莉看過照片要傳給梅普露時，她忽然靠過來。

「梅普露？」

「…………」

沒反應，樣子不太對勁。於是莎莉查看她的狀態，發現她陷入了睡眠，便環視周遭尋找原因。

「是那些蝴蝶嗎……？」

藉陽光仔細一看，莎莉發現青蝶在飛行時會灑下閃亮亮的鱗粉，推測那就是原因。

「第一階果然也有危險的怪物。不過梅普露應該沒事吧。」

雖不知除了睡眠還有什麼異常狀態，但梅普露目前ＨＰ沒有變化，遭到攻擊也不會受傷。莎莉自己也只要待在【獻身慈愛】的範圍裡就沒事了。

「可是，既然有這樣的怪物在，說不定會有什麼耶……中獎了嗎？」

莎莉讓梅普露倚著樹幹睡，一面注意【獻身慈愛】的範圍，一面爬上樹查看某個反光物體。

「蘋果……可是這……」

蘋果的顏色和蝴蝶一樣青，真的就是個青蘋果。或許挑不起食慾，但是卻美得像顆寶石。

「『睡眠果實』……是材料嗎？至少是個不錯的紀念品吧。」

莎莉摘了兩顆就爬下樹，梅普露正好醒來。

「莎莉，妳沒事吧？」

「多虧妳睡著了，這是我剛找到的紀念品。」

「好棒，好漂亮喔！」

「這個很多，我們可以一人一顆帶回去。」

「喔喔～！那我們把找紀念品也加進今天探索的目標裡吧！」

「好啊。那現在呢，要在花海多玩一下嗎？」

莎莉拿出抗睡眠藥水給梅普露看，而她以接下藥水回答這個問題。

即使怪物擁有較為麻煩的能力，但畢竟是第一階的水準，這裡沒有出現任何能有效打擊梅普露的怪物，兩人在花海逛到過癮後就離開了森林。

「好好玩喔～還沒去過的地方真的好多好多……」

「因為我們新階層一出就跑過去，不過拓荒也滿好玩的啦。」

「再來去哪裡～？」

「嗯～妳真的什麼計畫都沒有就出門了耶。有想看什麼風景嗎，例如看山看海那些。」

「嗯……我想去飄在天上的城堡！」

「……！這樣啊。好哇，以前說過有機會就去看看嘛。」

「嘿嘿嘿，野草就是要趁有空的時候用力吃！」

所謂的浮游城，就是她們造訪第一階的向日葵花海時見到的東西。現在階層增加，

多了各種地城和地形，那麼浮游城也成了能攻略的地區也不奇怪。

「這樣的話，這個瞎逛之旅也要到此結束了。我去找找看資料，說不定有需要準備些什麼。」

「嗯！」

「妳回去也是要讓我揹吧？」

「要～！」

「路上不曉得會有什麼嘛。」

「沒東西也要讓妳揹！」

「……多謝抬舉喔。」

看梅普露一副只要能這樣一起走走就很開心的樣子，莎莉對她笑了笑，兩人一起返回城鎮。

# 第二章　防禦特化與浮游城

兩人一回城就立刻去尋找已知地城中有沒有浮游城。

「喔，梅普露，真的有。」

「喔喔～！真的嗎！」

「嗯，這種地方是一定會有的啦。只不過不在第一階，在第五階。而且那裡不是觀光景點，完全就是地城，要準備好再去喔。」

「唔，那就要加油了。」

在第五階地區，肯定會多出不少能讓她們感到威脅的怪物，有魔王存在的地城更是如此。

「情報是沒寫到風景好不好啦，可是那裡好像位在第五階很高的地方，視野應該很好吧。」

「嗯～！好期待！」

「那我們快走吧。」

「嗯！」

檢視裝備耐用度，補充伊茲提供的藥水等消耗品之後，兩人便往浮游城出發。

「第五階也好久沒來了耶！」

「還是一樣白得好耀眼喔。」

莎莉說得沒錯，牆壁與地面等各種地形都是由雲朵構成的第五階，到處都是眩目的白。浮游城是最近才終於發現的地城，有一段相當長的路程。她們將偽裝換成戰鬥裝備，莎莉在前往目的地的路上說明浮游城的內容。

「最後是要用魔法陣傳送，不能直接騎糖漿飛過去的樣子。」

「嗯嗯嗯。」

「中間的路不會很難走，就只是很容易漏看，到最近才被人找出來這樣。」

「這樣啊！唔～找到沒人發現過的地方，一定會很激動吧。」

「就是說呀。不過我想妳也找到了很多東西喔。」

若非如此，梅普露也不會有現在的技能組合。

「我還想繼續到處探險喔！有找到妳能用的裝備都給妳。」

「我也是這樣想。梅普露，我們到了。」

「這邊？」

兩人來到的是三面都是高大雲朵的死巷。這種地形在第五階多的是，一點也不稀奇，也難怪沒人注意。

「看起來什麼都沒有……但情報沒錯的話……」

莎莉走近雲牆雙手一推，推了幾個地方以後整隻手沒入雲牆裡。

「找到了！這邊能穿過去的樣子。」

「是喔～怎麼找到的啊……好厲害。」

「碰巧的吧？妳不也大多是這樣。」

「很有可能喔！」

兩人順利找出通往浮游城的路而進入雲中。更多白色圍繞在她們四周，不知道哪裡還有像剛才那樣的祕密通道，必須細心尋找。

「哇～是很漂亮啦……可是看不出哪裡有路耶。」

「真的是祕密地城的感覺。這次呢，我們就依靠先驅者的智慧來前進吧。」

「嗯！」

莎莉領頭帶路，對照攻略路線東拐西彎地穿過層層雲牆。在怪物出來之前，即使路線複雜也探索得很順利。

如此前進十多分鐘後——

「呼咿～走了好久……是嗎？」

「上下左右都是雲，走到感覺都怪怪的了。不過沒錯的話，應該快出去了……好耶！」

莎莉又撥開一團雲查看另一邊，發出表示成功的聲音。梅普露也趕緊從她身旁探出腦袋，見到以和雲同樣白的建材所構成的神殿型建築，其中央散發著魔法陣的光芒。

「莎莉，就這裡嗎？」

「對，但是接下來才是重點。」

「另一邊如果是很高的地方，風景應該很好吧……」

「要拍照就拍吧。」

「哼哼～我路上已經拍很多了。」

「再來就會有怪物了，不要發呆喔？」

「我知道啦～！」

兩人走到魔法陣邊，喊聲一二踏進去，前往期盼已久的浮游城。

傳送的光輝消退後睜開眼，見到的竟是一棵棵第五階所沒有的深綠樹木。即使在其他階層是司空見慣，在第五階見到還是很新鮮。

「喔喔～！拍照拍照！」

「我沒找到這之後的資料，要自己摸索喔……呃，梅普露！」

莎莉說著轉向梅普露，卻看到她正為了取個好角度而後退。這裡是浮游城，傳送的位置又是邊緣，再後退就只剩天空了。

「呼咦？哇哇！」

「嘿！就叫妳小心了嘛。如果掉下去，恐怕就不只是受傷的問題了。」

梅普露在千鈞一髮之際被莎莉抱回來，沒有從背後的斷崖掉下去。無論防禦力再高，只要設定成摔下去就是死也沒有意義。

「得救了……這裡是邊邊啊。」

「嗯。不只是城堡，週邊地形也是地城的樣子。」

兩人重新環顧四周，後方是斷崖和無垠的雲海，眼前是森林和一座彷彿突出峭壁頂端的高聳城堡。

「一座鑿山而建的城堡，周圍還環繞森林啊……走過去好像會很久，要坐糖漿飛過去嗎？」

騎乘糖漿飛行很可能就能跳過中間的種種機關，但梅普露想了想之後搖了頭。

「嗯……這次不騎！」

「是喔？」

「嗯！還是正面突破比較有成就感！」

「這樣啊。」

「再說，既然我們那麼久以前就約好要上來看看，一下子就打完也不好嘛。」

「ＯＫ～那我們就老老實實留在地上一直走，到浮游城最裡面去！」

「喔～！」

於是兩人就此往隱約露出峭壁頂端的城堡踏出步伐。

剛走進森林，遠遠的城堡就傳來巨大的咆哮聲。

「！」

「【獵食者】！」

莎莉拿出武器，梅普露叫出蛇怪，擺出應戰架勢。

隨後林蔭處接連飛出長了小翅膀的蜥蜴往她們噴火。

「不用怕！」

梅普露的【獻身慈愛】仍在作用，莎莉不必刻意迴避。看來牠們是浮游城的第一批小怪，見到火焰對梅普露絲毫無效，莎莉也放心地開始動刀，一一料理飛蜥。

「哇哇，動作好快喔！」

敏捷的飛蜥驚險躲過【獵食者】的嘴，她也無法給予有效打擊。

「莎莉，交給妳嘍～」

「嗯！有【獻身慈愛】就很夠了！」

有梅普露在，以數量為武器的怪物就失去優勢了。最後飛蜥沒有使出比噴火更厲害的招式，拿她們一點辦法也沒有，死得一隻也不剩。

「辛苦啦，莎莉！」

「嗯，算是小試身手的感覺。」

這麼說之餘，莎莉從樹林間注視遠方的城堡。

「剛才的吼叫聲……不是來自這些蜥蜴……」

「所以是魔王嗎？」

「大概吧。說不定又要打龍喔？」

梅普露和莎莉也與可稱為龍的怪物交過幾次手，那強而有力的咆哮實在很難讓人不往這想。

「龍就很強了吧……」

「魔王本來就會有一定難度啦，而且強一點也比較好啊！」

「嘿嘿嘿，我好像有點了解妳的想法了！手在癢就是這個意思吧！」

「沒錯沒錯。」

話雖如此，魔王所在的城堡離她們還很遠，在這逗留太久，天就要黑了。

「好，先穿過這片森林再說！」

「妳已經很習慣在森林裡走動了吧？」

「嗯！」

有了【獻身慈愛】就不用害怕偷襲，她們便有多餘的心力觀察周圍。仔細一看，森林裡還有許多不是怪物的小動物跑來跑去，樹根處長了色彩鮮豔的蕈類，每一樣都讓梅普露眼睛發光。

「是嗎？」

莎莉不禁莞爾，查看四周是否有怪物之餘對梅普露這麼說。

「妳看什麼都好像很新鮮的樣子耶，真好。」

「嗯，我都一直在想戰鬥或技能的事。」

「因為我還是遊戲新手嘛！」

「咦～？我覺得妳已經玩很久了耶。」

「跟妳比還差得遠啦～」

若以莎莉為比較對象，這樣說倒是沒錯。

「那我這個老手就要多表現一點嘍。」

「我一直都很相信妳喔！」

「那我們就趕快開打吧！」

莎莉話剛說完，草叢就爬出一條比她們還要長的大蛇。早就察覺大蛇接近的莎莉橫向躲開牠迅速的撲咬，從頭部一路斬到身體。

「好～！【嘲諷】！」

大蛇受到技能影響而扭頭轉向梅普露。大蛇會有怎樣的攻擊，梅普露心裡也有數。毒液攻擊或麻痺攻擊她都不怕，絞纏或啃咬也只需舉起塔盾就夠了。

「請你吃【暴食】～嘿！」

她用盾穩穩擋下直衝而來的蛇頭，蛇便遭到盾牌吞噬，當場消失。

「ＯＫ～！很順利！」

「ＮＩＣＥ！嗯，妳也漸漸跟得上怪物的動作了嘛。」

「嘿嘿～跟那麼多種怪物打過，應該的啦。」

「已經從新手畢業了嗎？」

「啊哈哈～妳太急了啦。」

兩人氣定神閒地聊著天，將路上一群群的怪物全部掀翻，毫髮無傷地來到城堡所在的峭壁。

「好、好高喔。」

「是啊。附近應該有入口吧……」

兩人在峭壁底下仰望幾乎向天垂直伸展的裸岩。

看起來，想直接爬上去是非常困難，梅普露就更別提了。

「一般不會以糖漿那樣的飛行能力為前提，應該有普通的路能走到城堡去。」

「是這樣沒錯吧。」

若使用糖漿、【拯救之手】的盾飄上去，或是莎莉的【操絲手】，便有可能直接登上這面峭壁，但這肯定不是正常解法。

「既然這次都決定正面突破了……」

「嗯，我們就在懸崖這邊繞一繞吧，說不定會有發現。」

幸好這森林裡的怪物都不強，探索起來並不辛苦。兩人一面料理怪物，一面沿著峭壁走，發現地形出現變化而止步。

兩座擎天高山的交接處構成了谷地，有一部分像是因為有人走動而沒有長草，呈現出自然的道路。即使有段距離，也能清楚看見山谷深處有白色物質建成的門。

「周圍的山就是天然城牆這樣？」

「喔喔，這一定就是入口！」

「是啊，那我們要開始攻城了嗎？」

「ＯＫ～！都準備好了！」

兩人架起武器，往門口直線前進。接近到能夠看到整道門時，剛傳送到這裡時聽見的巨大咆哮聲再度響起，同時門扉開啟，只見稱為龍人的有翼人形龍族朝她們接二連三地飛過來。

「梅普露，要來嘍！」

「嗯！【全武裝啟動】！【開始攻擊】！」

既然是正面接近，用彈幕對付就行了。於是梅普露灑出大量子彈，但龍人們全都靈巧地扭身閃避，持續高速接近。

「啊，打不中！」

「不是隨便瞄瞄就打得到的樣子！就讓他們過來吧！」

「知道了！」

兩人不是不能打近身戰，且反而在近距離才能達到一擊必殺的效果。

這當中，最前頭的龍人急速升空躲開彈幕再俯衝下來突襲梅普露。無法閃避的梅普露肩坎被咬了一口，還中了這同時的零距離龍息，身上的武器遭到粉碎。

「梅普露！」

「只、只是嚇一跳而已……我沒事！莎莉，幹掉他們！」

梅普露的身體比武器還硬，不是龍人可以咬傷。接下來梅普露將砲管抵上龍人，兩側的【獵食者】也一併咬過去。

「【凍結大地】！」

「【五連斬】！」

地面在龍人爬升的瞬間凍結，雙腳釘在大地上，再也無法閃躲，梅普露的全力砲擊全轟在他身上。

龍人承受不住這樣的攻擊，全身化為光而消失了。

整個過程只有一瞬之間。剩餘的龍人依然果敢向前，但是不懂得退縮的怪物和玩家不一樣，很好對付。

「這樣迎擊妳比較會吧？」

「嗯，這樣比較輕鬆的樣子。」

梅普露只需要等他們自己上門就好。

莎莉趁隙下刀即可。

攻擊準確命中卻沒能造成任何傷害時，龍人就註定落得與飛蜥和大蛇同樣的下場。

「呼，順利清掉了。」

「嗯！幸好都沒有穿透攻擊。」

兩人順利擊破龍人群後穿過開啟的門，進入城中。城堡是利用地形而建，有些地方是挖穿了山壁，有些地方是依山壁築成。兩人走在走廊上，不曉得自己究竟在哪個位置。

與門相同建材的地面與牆壁儘管不是雲，但還是會讓人想到第五階。

「梅普露，妳覺得終點在哪裡？」

「嗯……最上面吧？」

「喔，我也這麼想。」

目前走廊兩旁雖有房間，但沒有任何岔路，不知何時會出現分歧。

兩人假定魔王位在距離入口最遠的位置，往傳送過來就能看見的城堡一小部分，也就是往山頂走。

一會兒後走廊果然出現分歧，有個龍人從轉角處現身。

「啊，先前那個！」

「可是不太一樣，小心一點！」

莎莉說得沒錯，龍人與先前不同，在看起來就已經很硬的鱗片外又穿了甲冑。手上也包覆著一些金屬，肯定是強化版本。

對方也發現她們，雙腿蓄力展開翅膀。

「梅普露，【暴食】剩多少？」

「先前那群用了很多……還剩五次！」

「先保留起來！」

假如強化龍人也能輕鬆解決，就該把【暴食】留到打王再用。【暴食】是梅普露的寶貴火力來源，剩餘次數直接關係到兩人的戰力，不可浪費。

「速度和行動都一樣的話……喝！」

面對飛來的龍人，莎莉奔上前去迎擊。對此龍人張開大嘴，吐出彷彿要燒掉整條走廊的火焰，即使莎莉再能躲，也躲不掉沒有閃避空間的攻擊，被逼得只能退後。

「不用怕！莎莉繼續上！」

「ＯＫ！」

兩人看出這龍息和門前那一戰沒有分別，使用已經驗證過的戰法來處理。在【獻身慈愛】範圍中的莎莉完全不畏火焰，以【跳躍】一口氣飛上正在噴火而不能動的龍人頭頂上方。

「【猛力攻擊】！」

莎莉一個扭身，往頭部揮出匕首。儘管傷害遭到盔甲阻隔而減輕，但傷害並不是主要目標。在門前那一戰中，兩人發現擊中飛行中的龍人能將其打落地面。

而龍人也果真因此落地，撞得鎧甲乒乓響。

「糖漿！【大自然】！」

梅普露也趁龍人停止動作時命令糖漿緊緊捆住龍人。到了這一步，龍人就只能任莎莉宰割了。

「呼，幹得好，梅普露！」

「穿了盔甲變很帥，但實際上沒差多少呢。」

「就是啊。既然怪物裝備變好了，表示我們前進不少了吧。」

「房間裡會變嗎？」

「可能吧，要順便看看裡面有沒有寶箱了。」

兩人逐一查看走廊上的房間，還在高級沙發上合影留念，找到樓梯就往上走。

走著走著，她們來到沿峭壁搭建的部分。從窗口能見到起初經過的森林和無邊無際的雲海，看得出她們已經爬得很高了。

「啊，莎莉！有真的龍在飛耶！」

「那個大概是背景效果吧？又說不定是用來阻擋會像糖漿那樣飛上來的怪東西……」

「第五階剛開的時候，其他人都還沒有魔寵呢。」

現在是想飛就能飛的環境，但浮游城剛上線時並非如此。避免極少數玩家擁有能夠獨享跳過整個城堡內部的特權也是當然的。

「來，走吧。快到頂端了。」

「嗯！呼～開始緊張了～」

兩人不斷打倒怪物，在城中到處探查，最後停在一座高塔前。塔的外牆有螺旋梯環繞而上，似乎就是這浮游城的終點。

「王就在這上面嗎？」

「喔～終於要到了！」

塔的直徑約有二十公尺，可以想像這上頭魔王房中的怪物有多大。

「總之要爬上去才知道啦。」

「ＧＯＧＯ～！」

梅普露就這麼跟著莎莉奔上螺旋梯。塔頂有扇門，能從那裡進入塔內。兩人做好準備後互相點個頭就推門進去。

塔裡沒有窗口，內部非常暗，只有梅普露【獻身慈愛】的特效在發光。

當兩人完全跨過門口的那一刻，背後的門立即關上，黑暗中爆發震撼空氣的咆哮。

「！」

「哇哇，好大聲喔！」

備戰的兩人見到黑暗中噴出看起來甚至發白的火焰，而噴出火焰的是什麼東西也在意外的形式下揭曉了。

隨後地面陣陣震動，接著又是一聲咆哮。強風掃過四周，塔頂在巨物奔跑的感覺中崩塌。

「莎莉！」

「梅普露！」

兩人抵抗著恐怕會吹倒人的強風，在失去牆和頂蓋的魔王房中仰望這一切的破壞者。

那是凌空飛翔，全身鱗片紅如火焰的巨龍。口中洩出燦爛的焰花，雙翼鼓起的風彷彿能輕易吹倒她們，尾巴一掃就能將這個直徑二十公尺的戰鬥區域大部分化作危險區域。

紅龍大大地伸展雙翼，緊盯她們的雙眼，說明了戰鬥是無可避免。

「牠關在這裡很難受吧。」

「好、好像很強耶！」

「其實是真的很強吧？來，小心不要掉下去喔。」

「嗯，打死牠！」

兩人重新舉起武器，與飛翔的紅龍對峙。

「【全武裝啟動】【開始攻擊】！」

先下手為強，梅普露啟動武器掃射天上的龍。要是牠會像龍人那樣閃躲，再來想下一步。

可是紅龍躲也不多，即使被槍砲扣掉了些許ＨＰ也無動於衷，牠張開血盆大口洩出火焰，對塔噴吐烈火，灼燒地面直線掃向梅普露。

「梅普露！」

「衝、【衝鋒掩護】！」

有壞預感的莎莉先一步退開，而梅普露也聽出她的意思，高速移動到她身旁。之前梅普露所在的位置，已經被橫跨塔面，將場地分成兩半的火牆占據。

這招不僅會限制活動範圍，還肯定具有相當高的威力。

「被那招打到……可能還不會死，但我有不好的預感。小心一點。」

「嗯，謝謝！」

「槍砲打得出傷害。大招我來看，梅普露妳專心射牠！」

「知道了！」

「【颶刃術】！」

「【流滲的混沌】！【開始攻擊】！」

兩人分別以射擊與魔法對紅龍造成傷害。受傷使紅龍雙翼一振，吹出大量風刃。

「梅普露！」

「【抵禦穿透】！」

梅普露不單純依賴防禦力，確實打出抵銷穿透攻擊的技能以防萬一，並將盾牌藏在背後來保留【暴食】。儘管武器受損，但梅普露沒有損傷。不太像是會造成持續傷害的攻擊可以像這樣化解，目前最需要警戒的就是火焰造成的地形變化了。

「莎莉！剛才的風好像會把火牆吹掉喔！」

「不只是那樣，牠下來了！」

紅龍纏帶風與火焰，朝兩人一直線猛衝而來。

「【超加速】！」

「【衝鋒掩護】！」

莎莉以貼身距離閃過紅龍的衝撞，並且對梅普露使個眼色，而她也確實跟上了。

「哇哇，好像會被撞出去耶。」

「是啊。不過既然牠下來了，現在就是削血的大好機會！朧，【火童子】【影分身】！」

莎莉造出分身一舉逼近。紅龍彷彿要表示火焰威力並不因為牠下來地面而減弱，連續吐出火球。

「既然這樣……呼！」

閃躲不及的分身遭火焰吞噬，但本尊卻完美看穿其路線，成功衝到紅龍腳邊。

「喝！」

覺得使用攻擊技能風險太高的莎莉用力揮砍紅龍雙腳。經【劍舞】提升的攻擊力與【追刃】的追擊快速削減ＨＰ。即使莎莉也會用魔法，想在短時間內打出有效傷害還是需要用匕首來攻擊。

可是紅龍的腳也有巨大的銳爪能夠反擊。打倒所有分身後，紅龍橫掃前腳攻擊莎莉。要退開是很輕鬆，但她並沒有那麼做，因為她要讓梅普露瞬移過去。

「【衝鋒掩護】！【水底的引誘】【流滲的混沌】【獵食者】！」

紅龍腳邊爆出種種特效，梅普露帶著三隻怪物與恐怖的觸手現身。沒有躲避龍的巨爪，直接正面迎擊。

「呀啊啊！」

五條觸手將剩餘的【暴食】全部耗盡，打出爆炸性的傷害，轟掉了紅龍的一隻前腳。蛇怪也從兩側與正前方啃咬紅龍，加速傷害。

梅普露現在是捨棄防禦和紅龍的腳互毆，免不了遭到擊飛。HP受到大幅削減的紅龍轟然振翅升空，而莎莉無視於此，先轉向梅普露。

「拉住……了！」

反應迅速的莎莉用絲線強行拉回飛走的梅普露，再將鏗鏗鏘鏘地摔在地上的她抱起來，並往後瞄一眼。

她瞬時看清向後跳開飛上空中的龍嘴裡冒出火焰，翅膀周圍也有捲起旋風的預兆，對梅普露說：

「抓緊我。放心，那種攻擊我也躲得掉！」

聽了這句話，連梅普露也不禁露出驚訝表情。但既然莎莉都這麼說了，沒有不相信她的道理，便緊緊抓住她。

「【水道】【冰凍領域】！」

莎莉造出水道，瞬時全身發出寒氣將其凍結並跑上去，然後在空中造出踏點繼續向上，和紅龍一樣快速升空。

「【冰柱】……【跳躍】！」

她就此登上比紅龍更高的位置，躲過狂亂的暴風和熊熊烈火。

「好厲害喔～！一下子就這麼高！」

「機動力可是我的強項呢！」

莎莉避開火牆落地，查看紅龍的ＨＰ。

「還有一半！」

「好～！不會輸給牠的！」

在ＨＰ減至過半後升空的紅龍再度發出震撼大氣的咆哮，許多龍人呼應於此，聚集到牠的周圍。

「好多喔，莎莉！」

「這樣就真的只能靠【獻身慈愛】了……！」

要是不小心離開範圍，就非常可能遭受無處可逃的集中砲火。但是攻城這一路上，她們對龍人的能力已有相當深的了解。既然無法對梅普露造成有效打擊，一般而言的可怕威脅也形同根本不存在。

「牠又要落地嘍！」

「嗯！這次一口氣打倒牠！」

見到勝利之路，讓梅普露能夠放膽全力使用技能。武器叫出來沒多久就會毀壞，導致【機械神】幾乎無效。梅普露無視從周圍湧來的大量火焰，以短刀直指紅龍。能叫出龍的可不是只有對方而已。

「【毒龍】！」

短刀所釋放的毒龍以不輸給龍息的氣勢吞噬紅龍。然而毒似乎對紅龍無效，即使受了傷也依然吐火反擊。

「唔！範圍比先前更大喔，梅普露！」

「哇哇！」

莎莉收起武器，抓住梅普露就用【體術】技能扔出去。她是考慮到攻擊範圍突然擴大，速度緩慢的梅普露可能來不及躲避，先將她丟到【獻身慈愛】仍能涵蓋自己但不會被龍息燒到的地方。必須避免兩人同時著火的狀況。

「朧，【神隱】！」

不過這個行動純粹是為了降低風險。莎莉全力起跑，在火焰淹沒她的前一瞬以朧的技能隱身躲避攻擊。驚險躲過涵蓋這個圓形場地近七成的大火後，莎莉先確認梅普露平安無事。

「謝啦，莎莉！得救了！」

「我還有辦法緊急避難，要是妳中了地形傷害，搞不好會在逃出去之前燒死呢。」

梅普露本來移動速度就慢，所以想了很多方法來維持機動力，其中最強的就屬利用【機械神】自爆的瞬時飛行。然而武器遭到周圍龍人噴的火破壞，現在無法使用，要是在惡劣的位置持續代承來自莎莉、【獵食者】、朧或糖漿的傷害，加上地形傷害，HP低的她恐怕撐不過去。

「先用魔法慢慢削血，最後再……」

「最後怎樣？」

「一口氣貼上去砍光光！」

接近得太慢，恐怕會被強化的大範圍火焰燒中。莎莉簡單扼要地對梅普魯講解接近計畫。梅普露和她合作了這麼久，很快就了解了計畫內容。

「那就先從削減HP開始！糖漿，【巨大化】【精靈砲】！」

即使地面大部分布滿烈火，她們還是有幾種遠攻手段。其中之一的【精靈砲】，在與龍吐出的反擊火焰對撞後互相抵銷。

「【流滲的混沌】！」

龍的噴吐和梅普露的大招一樣，同一招無法連續使用，於是梅普露趁這間隙轟出其他遠程攻擊。要在耗盡之前如此反覆，爭取傷害。

「【水矛術】！【颶刃術】！唔，畢竟不是主修魔法，傷害已經不夠力了嗎！」

莎莉是為了拓展戰術應用的幅度而學了許多絕大多數人都能用的魔法，威力不太值得期待。

「看我的！我一定按照計畫把牠轟到需要的血量！」

「嗯，幸好妳的招式還是很可靠！」

由於周圍的龍人不至於讓她們來不及應付，梅普露能專注於空中的紅龍。像現在這樣雙方定點互轟大招，是梅普露的拿手好戲。

以【毒龍】和【流滲的混沌】為主力持續削減紅龍的ＨＰ一陣子後，兩人終於看見一口氣撂倒的機會。

「梅普露，趁現在！」

「【快速換裝】【神盾】！」

梅普露以技能更換裝備，以預先拿在手上的藥水和莎莉的【治療術】補充上限提升的ＨＰ，並在【神盾】效果結束前啟動武器。只要【神盾】的防禦場還在，龍人的火焰就傷不了梅普露的武器。

「走嘍，莎莉！」

「ＯＫ！」

武器自爆造成不輸龍息的爆炎，將梅普露和莎莉直線彈往紅龍的方向。在龍息動作結束前貼上紅龍的兩人，對目光凌厲的紅龍露出計畫得逞的笑容。

莎莉先一步離開梅普露，在空中製造踏點跳上紅龍頭部，揮動匕首。

「【五連斬】！」

加上【追刃】效果，雙手共二十連擊。【火童子】更讓每一擊都添加寶貴的火焰傷害。

「主力就……看妳的嘍！」

「【快速換裝】！」

梅普露又換回黑色裝甲，對準紅龍的身體喊出技能名。

「【暴虐】！」

她頓時變化成怪物，六隻手腳抓住龍身，大嘴咬住咽喉噴火，銳爪抓劃破翼膜。

紅龍吐火想趕走梅普露。一如預料的持續攻擊灼燒她的外皮，但她根本不放在眼裡。

她也吐火跟紅龍車拚，一點也不放緩攻勢。

巨怪與巨怪之間烈焰激爆，互相啃咬對方的軀體。若是不知情的人，肯定不會認為其中一方是玩家。

火焰和劇烈的傷害特效就這麼反覆迸射，最後紅龍尖嘯一聲，化為光而消失。

「解、解除！」

紅龍一死，抓著牠的梅普露就要往遙遠的塔下墜落。這時一條絲線從空中伸來纏住

了她，免去墜落的命運。
「呼～謝啦，莎莉！」
「計畫執行得很成功，辛苦啦。」
「嘿嘿嘿，很成功耶！」
莎莉在空中製造踏點，將梅普露帶回塔上。戰鬥結束後龍人跟著消失，只留下焦痕、幾種紅龍的材料和塔中央的寶箱。兩人撿完材料就趕快開箱。
「喊到三一起開！」
「好喔。」
「「一……二……三！」」
兩人掀開寶箱，查看內容物。
裡頭裝著四樣【龍的寶藏】。
它們金光閃閃，全都是成堆的寶石與金幣，也就是用來賣錢的道具。
「嗯～真可惜，還以為會給裝備。不過這也能賣很多錢啦。」
「這樣啊，能賣多少？」
「這四個能買兩座我們那種公會基地吧。」
「咦！這麼多？這樣還算沒中啊……所以真的全都是很厲害的寶藏呢……」
「對我們來說是裝備比較有用吧。妳看妳，一直都是以那一套為主。」

戰勝魔王的獎勵有好也有壞。既然獎勵不只一種，就表示不一定每次都能拿到最好的。然而是否有用純粹是因人而異。

「就是啊……不過這些寶藏很漂亮，也是不錯的紀念品啦！」

「……嗯，說得也是！反正我們也不是為了打裝備而來的。而且說不定可以當作以後的旅遊基金。」

「嗯嗯！」

莎莉和梅普露坐在塔邊緣眺望遠方。這裡是浮游城的最高點，打完魔王以後可以在清爽的風中盡情欣賞這片無邊的雲海。

「感覺怎麼樣？」

「好好玩喔！龍真的很有龍的感覺，好強喔～！」

「就是啊～以第五階來說特別強的樣子。」

「還有拿到寶藏，有大功告成的感覺。」

「嗯。浮游城攻下了，龍也打死了，辛苦啦！」

「莎莉也辛苦啦！那個，我們再到處看一下好不好？」

「好哇，要拍照嗎？」

「要！早知道一開始就學好怎麼拍了，錯過好多照片喔～！啊，莎莉等等我再傳給妳。」

「嗯，要記得喔。」

拍夠塔頂上的風景後，兩人才離開浮游城。

# 第三章　防禦特化與雷霆風暴

打完浮游城後的這幾天，梅普露蒐集了許多觀光資訊，等待下次能一起出遊的日子。這是為了屆時除了亂找亂玩之外，能多個挑選目的地探索的選擇。

今天梅普露也在找足了資料後，穿著白色洋裝躺在第五階地區某個高高的雲端上曬太陽。

很少人會特地跑來這麼高的地方練等或打材料，這裡一個人也沒有，可說是她的私房景點。

「浮游城好好玩喔～」

思考下次去哪玩之餘，梅普露回想著雲海之上的景色，沉浸在冒險的餘韻裡。雖不及浮游城的塔頂，但這裡位置依然夠高，能看得很遠很遠。

「奇怪？那裡本來會打雷嗎？」

平常那裡都是一片祥和，今天有點不一樣。於是梅普露手搭眉上瞇起眼睛，確定遠方那一閃而逝的電光究竟是不是看錯。

「應該不是看錯吧……好！過去看看！」

現在也沒有什麼事要做，梅普露便決定前往雷光出現的位置看看是怎麼回事。

「應該是這附近吧……」

梅普露四處張望。周圍都是高高的雲牆，下到平地高度也難以看見哪裡有閃電。

正想用糖漿到天上搜尋時，一道轟隆聲搖撼了空氣。那肯定是打雷的聲音。

「那邊！」

梅普露開始藉著這不時響起的雷聲走來走去尋找來處。她的飛行方式異於常人，在空中搜尋反而容易錯失事件或地城入口。

「嗯，從來沒看過這附近有閃電，一定有東西！」

走近不少後，梅普露停下來等待下一次雷聲。

「嗯嗯～沒聲音以後就分不出來了……哇！」

想靠著雲牆休息片刻時，雲牆竟沒能支撐她，整個人摔到牆的另一邊。那裡和浮游城的入口一樣，是個隱藏的門道。

梅普露就這麼順著雲坡一路往下滾，腦袋從出口處的雲牆撞出去，而且是面部著地。爬起來看自己究竟摔到哪去時，與一個傻眼的女性玩家對上眼睛。

「請、請問妳……還好嗎？」

「……？哈哈哈，對不起喔，我沒事！」

梅普露整理洋裝，閉上轉花了的眼睛稍事休息。女玩家說話時的遲疑，被她在休息時掃到了腦袋的角落去。重新睜開眼睛一看，眼前的女玩家有頭在後腦盤成一團的金髮和紅眼睛，身穿襯衫長裙手持陽傘，沒有裝備像是武器的東西，可能和梅普露一樣是來這裡觀光。那一身大小姐般的模樣，讓梅普露下意識地挺直背脊說：

「我聽到這邊有雷聲，可是這附近平常都很安靜，所以來看看是不是有特殊事件……」

梅普露說到這裡，女玩家打量一下梅普露，吐口氣微笑回答：

「嗯嗯……原來是這麼回事。這裡並沒有那樣的……事件。或許我沒什麼立場說這種話，可是妳看起來什麼裝備都沒穿就過來了，沒關係嗎？」

她的意思是如果這裡真的有那種事件，表示可能有怪物出現，恐怕會有危險。

「這個妳放心！我可是全點防禦的人，對防禦很有信心！」

「……那不就是……」

「唔，不是這裡嗎……」

梅普露沒多管若有所思的女玩家到處張望，真的什麼也沒看到。

「那個，我經常到這裡來，所以可以很肯定地說，那個雷聲不是特殊事件。」

「咦！真的嗎！」

「是啊，真的。就看妳自己……信不信了。」

「那好吧，我信！」

「真、真的嗎？」

「對！」

梅普露說得很認真，讓女玩家有點訝異地看著她。

「……對了，所謂相逢即是有緣，我們聊一下吧？」

「……？好哇！當然沒問題！」

「那我們找一個比較好坐的地方聊吧，梅普露？」

「好！呃咦咦咦！」

見到梅普露一臉錯愕，好像在說「妳怎麼會知道」的樣子，女玩家莞爾一笑。

「看妳的反應，我是猜對了吧。」

「咦？啊、啊啊！這樣啊……嚇我一跳……」

知道她不是擁有讀心術等奇怪能力，單純是推測之後，梅普露也大方承認。

「雖然外表跟平常不一樣，但仔細看還是看得出來啦。」

即使髮型、服裝和眼睛顏色變了，身高和氣質也依然如舊。再加上她自稱全點防禦力，大多數ＮＷＯ玩家都能猜到她是誰。

「我是在找觀光景點，呃……」

「嗯？啊，我是薇爾貝。」

「薇爾貝呀！妳也是來觀光的嗎？」

薇爾貝沒帶武器，也沒穿盔甲盾牌等防具，說不定是同道中人。

「是啊，可以這麼說。我原本是跟幾個朋友約好等等去練等級，結果當坦的臨時有事。」

「這樣啊。」

「那麼梅普露，我也知道剛認識就提這種要求很厚臉皮，可是……方便的話，能請妳跟我們一起練嗎？」

薇爾貝想說的似乎就只是這樣，安靜等待梅普露的答覆。

「好！沒問題！」

梅普露接下來沒有必須先處理的行程，心裡充滿對認識新朋友的期待，用力點頭答應。

「那就……說好嘍？我跟朋友是約在第七階城鎮會合。」

「知道了！」

梅普露跟隨薇爾貝來到第七階城門口等朋友。在城鎮裡走動時，薇爾貝目睹梅普露的移動速度，體會到她真的很慢。

「實際看起來，妳速度真的很慢耶。」

「唔唔，可是我有很多方法可以彌補喔！」

「呵呵，看來是這樣沒錯。啊，雛田！這邊這邊！」

看來所謂的朋友已經到了，薇爾貝揮起手來。梅普露探頭往她揮手的方向看，見到一名少女小步跑來。她有頭紫得發黑的長髮，在背後紮成辮子，雙手抱著一個有點詭異的布偶。服裝風格接近結衣和麻衣那樣，只是裝飾品較為含蓄。

「我、我遲到了……對不起。」

「嗯～沒有啦！準時準時！啊，嗯嗯……這位就是事先跟妳講到的那位要跟我們一起打的梅普露。」

「請多指教！」

「也請妳多多指教……我也、也會加油的。」

長長的瀏海蓋住她的眼睛，難以判讀她的情緒，但能從雛田稍微緊抱布偶看出她的幹勁。梅普露看著她的布偶，好奇地問：

「那是妳的武器嗎？」

「啊，呃……是、是的！就是這樣。」

「這樣啊……武器真的有好多種喔。啊，那薇爾貝小姐，妳是用什麼武器？」

「這個嘛，敬請期待。」

梅普露就此抱著沒能得到答案的小小遺憾出發。在第七階地區，梅普露大多是和莎莉共乘一匹馬或騎糖漿飛。戰況需要時還有自爆飛行和【暴虐】能快速移動，但它們都有次數限制，不適合當作平時的移動手段。思考該怎麼辦時，雛田戳戳她的手。

「那個，梅普露妳……沒有馬吧？」

「唔唔，我的【ＤＥＸ】不夠騎。」

「這、這樣的話……妳可以，坐我後面。」

「哇～！謝謝！」

還以為要用【暴虐】跟她們跑了呢。

「薇爾貝也要騎馬……？她騎得有點、很、非常粗魯……」

「雛田～我聽得見喔。」

「啊哇哇……對不起。」

梅普露摔馬或挨撞也不會有ＨＰ的問題，倒是看起來一副大家閨秀樣的薇爾貝卻不太會騎馬，讓她比較驚訝。

「是喔～有點難想像耶。」

「就……就是啊，可能是有點難想像。」

無論如何，梅普露就此騎在雛田背後，在薇爾貝的帶領下前往練等地點。

目前最新推出的第七階地區有許多各具特色的地方。由於主要目的是收服怪物作為夥伴，構造與第五、六階不同，沒有涵蓋整個地區的主題，含有各種地形。現在梅普露她們來到的地方，是一大片到處是枯木和岩堆的荒地。

「我很少到這邊來耶。」

「到了，我們要在這裡練等。」

「防禦的事就包在我身上。」

梅普露一下馬就速速發動【獻身慈愛】，身上跳出傷害特效，同時範圍內的地面發出光芒。

「只要待在發光的範圍裡就完全不用怕被打喔！」

「這樣啊，我知道了。」

「那麼，【嘲諷】！」

梅普露發動技能，空中便有鷹怪飛來，岩地也有沙與岩石構成的魔像接近。

「「【水槍術】！」」

這時背後傳來兩聲呼喊，兩道水槍射向接近梅普露的魔像。水槍準確命中，打出紮實的傷害。

「我也來，【獵食者】！」

梅普露也在兩側叫出蛇怪幫忙。但魔像即使被它們的大嘴咬住身軀和肩膀而造成不少傷害，也依然對梅普露狠狠揮下雙臂。儘管遭到【暴食】吞噬，擊中盾牌時的地震卻

仍晃得她們站不穩腳。

「唔唔……唔唔？」

「雖然看過影片，但還是會懷疑自己的眼睛呢。」

應會擊中她們三人的地震，在【獻身慈愛】的效果下全部由梅普露承受，再被她的防禦力消除。

「防禦都交給我來！只要不是穿透攻擊就沒問題！【毒龍】！」

梅普露吸引空中來襲的鷹怪到最後一刻再以【毒龍】處理。鷹怪沒有抗毒能力，受到大量傷害而搖搖晃晃地想飛走。

「啊，【龍捲風】。」

然而雛田趁牠病要牠命，用魔法龍捲風擊殺試圖逃跑的鷹怪。其他還有很多怪物受到【嘲諷】的吸引而接近，原本有可能會因為處理不及而反遭怪物海壓倒，用梅普露當坦就不會有這種情況。

「呼咿～搞定！沒問題的樣子。」

梅普露最擅長應付想靠蠻力正面突破的怪物。

如她所料，這裡的怪物都無法對她造成有效打擊，升級過程十分順利，很快就到了中場休息時間。

「【機械神】【獵食者】【流滲的混沌】【毒龍】【獻身慈愛】【百鬼夜行】……嗯～太壯觀了。」

「那個，謝謝妳。現場目睹的震撼力真的是……」

雛田看著仍跟在梅普露身邊的【獵食者】，怯怯地這麼說。【獻身慈愛】仍在作用，哪裡都可以休息，三人便坐在石頭上閒聊。

「這些我都有聽人家講過……真的好厲害喔。」

「嘿嘿嘿，謝謝妳。」

只要能克服梅普露腳程慢的缺點，帶她練等會更有效率。可以專心攻擊，這也是當然的。

親身體會梅普露防禦力的兩人，決定到怪物更強、經驗值更好的區域繼續打。

這裡地面變成沙地，有先前荒地那些鷹怪和魔像等怪物的強化版出沒。

「這裡怪物攻擊力比較高，可是有梅普露在就沒問題了吧。」

「對呀！」

梅普露沒有擋不下來的問題。即使怪物的攻擊力或攻擊範圍有所提升，基本上仍無法突破她的防禦力。

「好～！努力升級～！」

梅普露和先前一樣帶頭走，要用【嘲諷】吸引怪物。

「啊！……梅、梅普露，不能走那邊……」

「咦？啊！」

「看來是……太晚了呢。」

梅普露在曾經有過的感覺中陷入沙地，跟著她走的薇爾貝和雛田也很快就淹沒在流沙裡。

◆□◆□◆□◆□◆

地點來到流沙底下。平整砂岩構成的牆與地和等間隔設置的照明，告訴她們身處於建築物中。

「應該先告訴妳的。」

「唔唔，對不起，把妳們捲進來了。明明我以前也掉進這種地城過。」

梅普露在第二次活動時也曾被流沙吞噬，掉進有大蝸牛徘徊的地城。看樣子過去用過的部分機制或魔王怪，也會視情況拿到其他地區使用。現在也回不去第二次活動的地圖了，重新利用這個機制並無不妥。

「我們是知道有這個地方，但是從來沒有下來過……」

「打倒魔王也會拿到很多經驗值……應該吧。既來之則安之。」

「好！」

薇爾貝和雛田對地城內的怪物有一定程度的了解，攻略便在沒以前那麼緊張的狀況下開始。

「路上都是上面有的那種魔像，我們就快速前進吧。」

根據她們讀過的資訊，地城終點是往下走，於是一行人往最底層直線前進。整個地城呈蟻窩狀，有許多通道與房間。

梅普露維持【獻身慈愛】，一看到怪物就用武器向前掃射，並在其他兩人魔法攻擊的配合下擊倒一個個怪物。

到達第一個大房間，裡頭有三隻與地面魔像不同，全身都是以沙構成的魔像爬起來。

「【開始攻擊】！」

梅普露往接近的沙巨魔像射出槍砲與光束，但全都直接貫穿它們的身體，沒有造成傷害。

「唔，沒用嗎。」

「看來必須用帶屬性的攻擊打。」

薇爾貝和雛田見到自己出場的時候到了而準備魔法時，巨魔像們像一般沙子那樣潰散融入地面，隨後冷不防在三人面前瞬時成形。

三隻魔像分別發動攻勢，但是在梅普露【獻身慈愛】的範圍內，這樣的偷襲沒有意義。直擊梅普露腦門的沙拳，也只是打出一聲悶響而已。

雛田也知道自己在梅普露的防禦範圍內，便放棄閃躲，用水與風魔法給予傷害。

「！……【水矛術】！」

薇爾貝像是下意識地以貼身距離閃過攻擊才發現沒這必要，在踏進的姿勢中驟然停止動作並擊出魔法，然而多餘的動作使她的魔法只是擦過目標。

「應該是不用怕！妳們專心攻擊！」

提醒她們沒有必要閃躲後，梅普露不舉盾以避免浪費【暴食】，就只是站在原處使用【嘲諷】。

沙魔像也因此用它們如梅普露身高一般大的拳頭集中猛砸。

「呼，要是地面不夠硬，搞不好會被搥進去咧。」

梅普露當然是毫髮無傷，她乾脆原地坐下，慢慢等另外兩人打倒魔像。

最後，即使魔像一下從地面噴出沙塵，一下製造小沙像，用沙阻礙她們的行動等，靈活地變換各種招式攻擊梅普露，但也只能用沙把她埋起來，一點成果也沒有就被魔法擊倒了。

「妳、妳沒事吧……整個人都被埋起來了耶。」

「沒事啦，ＨＰ都沒少的樣子。」

兩人面前只剩下堆積如山的沙，以及只有呆毛冒出沙堆的梅普露。看周圍沒有危險，兩人一起挖出梅普露，拍去沙塵。

「謝啦！怪物呢……」

「都被我和雛田順利打倒了。」

「謝謝妳幫我們吸怪……那個，真的很輕鬆。」

這裡的出怪頻率雖比地面上少，每隻怪物提供的經驗值卻比較高，練得很順利。

「下一層就快到了，怪物會跟先前不一樣。」

「什麼樣的怪物啊？」

「木乃伊？……就是，全身包繃帶的那種。」

「我不太清楚它全部的攻擊方式，小心一點。」

「知道了！」

三人繼續擊敗許多沙魔像，往地下深入。事情和薇爾貝說的一樣，怪物類型開始改變，從沙裡爬出的不再是沙魔像，而是老舊繃帶包得看不見皮膚的人形怪。露出繃帶縫隙的眼睛發出陰森紅光，和威力型的魔像印象截然不同。

「遇到這種的……【天王寶座】！」

梅普露展示她在第六階學到的方法，叫出純白寶座坐上去，發光力場沿地擴散。見

到梅普露又亮出非比尋常的技能，薇爾貝睜圓了眼。

「這樣就能封鎖殭屍幽靈這類怪物的大部分技能喔！」

「這樣啊，那真是太好了。」

而實際上，這些可能有某種危險攻擊的怪物現在也真的只能幫梅普露抓癢。

「在外面是可以帶著寶座一起走啦，可是這裡很窄……」

一旦消除就要過一段時間才能再度使用，在不能裝在糖漿背上的環境下，難以持續作用。

「呃，既然知道有效了……那個，希望可以在打魔王的時候用。」

這裡的魔王是會召喚路上怪物的巨大木乃伊，而梅普露能讓魔像和木乃伊失去戰力，很快就能打完回地面。梅普露發動技能，要打倒眼前成群的木乃伊。

「好~【獵食者】……不能用，【全武裝啟動】！」

梅普露啟動武器，伸長的砲管直接將木乃伊撞倒在地。它們動作緩慢，不需要瘋狂掃射也打得中。

「唔，HP好多喔。」

幾輪將砲口直接對在木乃伊身上的零距離射擊後，強韌的木乃伊群也終於不支倒地，化為光而消失。

「動作這麼慢，邊退邊射……也沒問題呢。」

含梅普露的射擊在內，三人一路用遠距離攻擊料理怪物，往魔王房前進。儘管【天王寶座】不能說用就用，僅靠【獻身慈愛】就能輕鬆挺進。

最後三人一次也沒受傷就來到魔王房前，等到【天王寶座】能再次使用才入內。

迎接她們的是全身纏滿淡紫色繃帶，身高約她們三倍的木乃伊。

魔王和路上小怪一樣，一雙睜得老大的紅色眼睛從繃帶縫隙露出，散發著遠遠就看得見的陰森光芒。

「好～開打！」

梅普露一馬當先噠噠噠地跑向前，直到魔王進入薇爾貝她們的魔法射程後在房中央發動【天王寶座】，坐上去望向魔王。

魔王發出詭異的呻吟，路上那些木乃伊和魔像從地面現身。不同的是木乃伊身上纏帶黑色氣場，魔像則是有幾隻拿起砂岩做的槍。

「唔，有、有槍耶……薇爾貝小姐！拜託先打死拿槍的魔像！」

薇爾貝也發覺梅普露是不想受到槍的穿透攻擊，答應她的要求。

由於梅普露坐在寶座上時，有幾項主力技能會遭到封禁，攻擊手段必須隨之改變。

「【嘲諷】！糖漿，【紅色花園】【白色花園】【陷落大地】！」

以寶座為中心的發光力場長出紅色與白色花叢，接近梅普露的怪物一踏進外表瑰麗的花叢就陷入地面，受到負面狀態。

「【毒龍】！」

技能造出的花朵沒有因為毒液而枯萎，依然盛開，而妝點它們的紫色也紮實削去怪物的ＨＰ。怪物不懂不能接近哪裡，不能走進哪裡，就是它們最大的弱點。

當梅普露困住大舉進攻的怪物時，薇爾貝和雛田朝魔王和魔像發射魔法。

「很好！感覺不錯！」

怪物皆有其行動模式，只要這些模式對梅普露都沒效，在新增模式前戰況都是一面倒。魔王木乃伊似乎不停在提升小怪的攻擊力，但全都起不了作用，弱化效果也因為寶座而無法發動。

「啊，【龍捲風】！」

「好，我也來！」

雛田放出的龍捲風不僅捲入小怪，也對魔王木乃伊造成傷害。加上梅普露的槍砲射擊，魔王的ＨＰ已降至過半。

當三人靜觀其變，只見魔王大聲呻吟，整個房間陣陣搖撼。同時魔王身上冒出寒氣般的白色氣流吹掃房間，從帶頭的梅普露依序包圍她們三人，解除了所有發動中的技能和身上的強化效果。

「哇！不會吧？」

梅普露的技能都是強力技能，需要一段時間才能再次使用，無法立刻重新展開強力力場。

被魔王解除強化效果的同時，之前寶座所抑制，包含魔王在內所有木乃伊的弱化效果一口氣傾洩在她們身上，在沒有【獻身慈愛】保護的狀況下，三人的能力值大幅降低。

雖然這對梅普露沒什麼大影響，但後面兩個就不一樣了。

「【嘲諷】！【暴虐】！」

為了撐到弱化效果結束，梅普露再度使用【嘲諷】並披上【暴虐】的外皮，在怪物群中跑跳。儘管弱化效果使得梅普露【暴虐】狀態的攻擊力等同於零，但有不會突然被打死的好處，正好適合撐過難關。

她盡可能閃躲如預料中帶有穿透傷害的魔像石槍，用身體遮擋魔王的攻擊路線來保護另外兩人。技能不再受寶座封印的魔王一接近梅普露就雙手觸地，一片像黑霧又像泥沼的詭異東西向外擴散，但梅普露無計可施。另兩人也一樣，只能一面設法應付怪物，一面伺機反擊。

「唔唔，怎麼辦……咦？」

黑霧急速擴散至整個房間後，梅普露突然感到腳下一軟，陷入地面似的沉入黑霧。

轉瞬之後視線復原，卻發現原本就在眼前的魔王變遠了，前方還有另外兩人的背影。

「哇！對、對調了？」

現在薇爾貝和雛田身陷怪物群，梅普露退居後方。叫出怪物，解除技能並弱化敵人再破壞陣形，就是這個魔王的強大之處。

「衝鋒掩護……距離不夠……！」

弱化效果使她的移動速度變得更慢，無論是用【暴虐】跑過去還是乾脆解除掉改用自爆飛行都來不及。

但梅普露仍不放棄，先往她們跑再說。魔王要徹底擊垮遭怪物包圍的兩人般，揮出纏繞黑色氣場的拳頭。以她們來說，狀況是急劇轉變，突然遭受總攻擊。

這當中，薇爾貝下意識地向前一步保護雛田，拋開陽傘舉起拳頭。

「哈，太天真了！【雷神再臨】！」

薇爾貝高聲呼喊，身上轟隆爆發蒼白的粗大雷光，還竄過地面接連燒灼周圍的怪物和魔王，封阻它們的動作。

劈哩啪啦的放電聲中，薇爾貝用搞砸了的表情往雛田看。

「總之我們先逃走吧。」

「……好。」

薇爾貝抱起雛田，電光一閃地跳起，輕輕鬆鬆就飛離怪物的包圍網，在傻眼的梅普露身邊著地。

「咦？咦！」

「嗯……晚點再解釋啦。」

「公會的人……一定又要說我太老實了……」

「妳讓我們看了那麼多，還這麼努力保護我們，現在換我們回報了啦！」

「呃，加、加油喔？」

薇爾貝在還狀況外的梅普露面前更換部分裝備。服裝什麼也沒變，就是多了個顯然是武器的東西——覆蓋雙手的巨大拳甲。她握起比原來的手大上好幾倍的鋼鐵之拳，依然迸射著蒼白電光大膽地笑。

「雛田，麻煩妳全力支援我喔！」

「好、好的！呼……開始了。」

雛田鼓起勇氣般用力抱緊布偶，往奔來的怪物發動技能。

「【星之鎖鍊】、【悲嘆之河】。」

技能發動的同時，進逼的怪物都被釘在地上似的不再前進，發自雛田的白霧更喀喀喀地將怪物結冰。

強力的控場效果，不許任何怪物碰觸她們。

「【災厄傳播】【重力壓迫】【脆弱冰雕】。」

雛田每說出一個技能，就給不得動彈的怪物們附加以增加受傷量為主的弱化效果。

它們本身不會對怪物造成任何傷害，但每當效果結束而怪物試圖前進時，雛田又會用下

一個妨礙怪物前進和攻擊的能力箝制所有怪物。

如此一來，誰負責輸出傷害便不言而喻了。

「【風暴之眼】【閃電雨】！」

薇爾貝再度迸射雷電，狠狠燒焦地面，同時來自空中的大量落雷更將其範圍內的怪物不分大小一一擊破。

只要雛田持續控制，即使知道攻擊來了也逃不離。無論是不是怪物都一樣。

薇爾貝來到唯一殘存的魔王面前，大幅揮拳。

「【連鎖雷擊】！」

對完全停止動作的魔王刺出的拳頭，伴隨劃開空氣的聲響爆出雷電。隨釋放次數加強的雷電燒焦魔王，將剩餘的ＨＰ完全轟掉。

「喔、喔喔！好厲害喔！」

梅普露看著她們倆用眩目的招式打倒眾多怪物，怪物型態的她連不存在的眼睛都閃閃發亮，猛揮四條手。

◆□◆□◆□◆

順利戰勝魔王而離開地城後，三人在不會出怪的安全區坐下。梅普露對先前發生的

事很好奇，馬上就開問了。

「薇爾貝小姐，原來妳不是法師啊！」

「叫我薇爾貝就可以了啦，這樣我比較輕鬆。」

這張不同於第一印象的活潑笑容，似乎才是她本來的樣子。梅普露也恭敬不如從命，不那麼拘謹地和薇爾貝對話。

「瞞了妳那麼久，不好意思啦。公會的人希望我多收集一點強力玩家的資訊。」

「是為了替ＰＶＰ做準備？」

「是啊！為了到時候能多點優勢……今天才請妳用了那麼多招。」

「唔，真的……」

梅普露不僅是秀出了大部分招式，還在魔王戰時暴露出堪稱明確的弱點。

「這種準備工作是很重要啦，可是我還是會想『堂堂正正正面對決！』這樣……」

從薇爾貝在魔王戰時並不是故意出招，且當時刻意保留實力戰敗也無所謂，梅普露看得出她說的是真心話。突然陷入危機只不過是一個推助，她原本就有全力應戰的想法。

「公會的人也有叫我……少用點招式啦……」

「因為都很厲害嘛！」

要是什麼準備都沒有就開戰，梅普露多半會在有所行動前就無法動作，被薇爾貝的廣域雷擊和極近距離的肉搏戰予取予求。

藏招肯定能讓戰況更有利。

「既然要打，我想在公平的狀況下打！妳當然是我的競爭對手啊！」

薇爾貝還深有自信地對她露出挑釁的笑。

「可是這樣好嗎？公會的人都說不要給我看了……」

「又不是單方面給妳看，我也有看到妳的，沒問題的啦！」

見到雛田低著頭，一臉遮住眼睛也看得出的複雜表情，像在表示事情純看人怎麼解釋，梅普露了解到薇爾貝不是第一次這樣了。

「不過呢，我們還有絕招沒拿出來喔。」

「嗯，我也有喔！」

「咦咦！還有啊？」

都亮出那麼多絕招級的技能了居然還有，讓薇爾貝很是驚訝，也因為期待日後戰鬥的驚喜而笑起來。

「其實我一直很想見見妳呢，真是太好了。」

「會遇見真的是碰巧呢。」

回想起來，當初見到的電光就是薇爾貝造成的吧。當時的電光比地城裡的還要巨大，說不定是真的還有絕招。

「啊，那妳的改變說話方式之類的也是為了讓我認不出妳嗎？」

梅普露已經知道她的武器是裝備拳甲的拳，但她在戰鬥中沒有更換服裝，也許跟梅普露一樣，還有另一套主力裝備。

「這是我最好的裝備！」

「那是打魔王得到的……薇爾貝說要配合那件衣服當個淑女，正在努力練習。」

「這、這樣啊……」

看來沒有公會戰略云云那麼深遠，就只是薇爾貝個人的喜好。

「嗯～好難喔。人家說我是平常活潑過頭了。」

即使配合服裝改變髮型，戰鬥起來卻仍舊是完全相反的近身肉搏兼無差別殲滅的專家，再加上天性使然，一下就穿幫了。只是本人一點也不介意的樣子，還盤著腿打趣地笑。

「總之就是這樣啦。不曉得下次ＰＶＰ是什麼時候，到時候我會全力以赴喔。」

「嗯！請、請手下留情……」

「哈哈哈，這種事我辦不到。」

「唔，那我也會跟【大楓樹】的大家一起努力！」

「我們也會跟我們公會的人一起努力的啦！」

「在那之前……那個，要告訴他們我們也用過很多招了……」

「嗯，應該的啦。」

「真、真的沒問題嗎？」

「沒問題。我自己就是會長，大家都會了解的啦！」

薇爾貝對訝異得睜大了眼睛的梅普露說出她公會的名字——【thunder storm】——在第四次活動前急速躋身於前十名的大型公會，她們倆就是會長和副會長。

「下次再一起玩吧！到時候我再使出其他技能給妳看！」

見到薇爾貝說得眼睛發光，雛田對梅普露耳語說：

「老實說……我、我看她不只是想堂堂正正對決，主要是想秀帥氣的技能而已。」

「我好像有點懂那種感覺。」

薇爾貝的出發點就只是想分享自己用得開心，覺得不錯的東西而已。或許是梅普露也有同樣的心理，對雛田的話頻頻點頭。

最後答應薇爾貝的提議而互加好友後，就跟來時一樣騎馬回城了。

「競爭對手啊……」

梅普露想到在加入這個遊戲之前，這個詞從來與她無緣，不禁想像莎莉是不是從很早以前就處在這種環境裡。

# 第四章　防禦特化與星空

梅普露和莎莉又相約觀光，這次先來到第二階石砌城鎮的咖啡廳開作戰會議。

「是喔，新朋友啊。」

「嗯！那天我到處找下次要去哪裡玩，休息的時候碰巧遇到的！」

所謂的朋友，就是日前一同冒險的薇爾貝和雛田。

「她還是【thunder storm】公會的會長喔！」

「這個公會我知道。在第四次活動打得很厲害，用雷電的話就是精華影片裡出現的那個吧。」

「那個？」

「嗯，就是一道雷電像一條大柱子一樣打下來，整個畫面變成一片白，連玩家都看不見了。」

梅普露跟著猜想那中央多半就是薇爾貝。既然連玩家都看不到，沒多少人知道她的長相也是當然的。

「她真的很強喔～啊！還有就是，她跟妳很像，用拳頭打怪物耶！像這樣！」

梅普露握起雙拳，交互快速擊出。

「啊哈哈，我的【體術】技能是因為迴避的關係碰巧拿到的啦，跟用來攻擊的應該不太一樣。」

「啊，這樣喔。」

有同樣技能就能教莎莉用，但既然不是就沒辦法了，讓梅普露有點遺憾。莎莉聽她講述兩人用過的技能後嗯嗯點頭。

「很強耶。叫雛田的女生專門在後方降能力，薇爾貝再用超強火力連她的份一起解決啊……」

當然，超高威力的拳和大範圍雷擊都有其弱點。前者是射程短，後者可以藉由技能免除或逃出範圍。

但若有雛田跟著，事情就不同了。

「梅普露，妳打不會動的目標也很輕鬆吧？」

「嗯，妳的話我就打不到了……」

「所以完全制止對方動作，讓攻擊必定命中真的很強。」

「嗯嗯。」

「所以也可以說，我不太適合跟她們打吧。」

不管怎麼說，以近戰為主的莎莉都有必要踏進雷擊與弱化效果的範圍內，一對一決鬥時難以取勝。

「薇爾貝好像喜歡正面對決，小心一點避開就是了。」

「出地城以後談起這件事，真的讓我嚇了一跳。她跟一開始的印象完全不一樣呢。下次要不要也跟她認識一下？」

「嗯，我是有興趣啦。既然她們這麼強，以後一定有機會對到，多了解一點她們的戰法和技能比較好。就算薇爾貝不喜歡這樣，情報還是很重要。」

用反射神經閃躲雷電般的瞬時攻擊有其極限，攻擊範圍是非常重要的資訊。

「那下次我就帶妳去找她！那邊也是兩個人，一定要介紹給妳認識！」

「呵呵，這才是所謂的搭檔嗎？」

「嗯！就是這樣！」

梅普露毫不懷疑的樣子，讓莎莉淺淺一笑，鄭重地對她說：

「……那麼，我也該拿出搭檔應有的樣子吧。」

「呵呵呵～期待妳的表現喔，莎莉同學。」

「嗯，看我的吧，梅普露同學。」

閒聊過後，兩人終於談起今天的主題。

那就是第二階的觀光之旅。與第三階起的地區相比，第二階的差異與第一階並不大，一二兩階都是正規奇幻世界的定位。

由於第二階的資料都是給莎莉蒐集，梅普露不曉得會到什麼樣的地方去，雀躍地等待她下一句話。

「那麼，我告訴妳一個有趣的地方。不過這裡是限時開放，我們就慢慢過去吧。」

「這樣啊～」

「是啊，有一段距離要走。」

「那我們便當買一買就趕快出發吧！」

「走吧。」

梅普露和莎莉就這麼往日落後的夜間野外前進。

第二階和第一階一樣，沒有需要她們全力戰鬥的對手，所以換上不起眼的服裝，莎莉揹著梅普露奔向目的地。

「妳覺得會是什麼樣的地方？」

「嗯～要晚上才能去吧？」

「對對對。」

有指定時間的事件，梅普露也曾體驗過好幾次。跟第二次活動的怪物在夜間會轉型，然後引發事件的那種是同類。

「可是，妳應該不會跟我介紹幽靈那些的。」

「……是啊，沒錯。」

「而且是晚上嘛～」

「這樣心裡有底了嗎？」

答案要到了現場才知道，兩人繼續在野外前進。

莎莉來到一處張著大嘴的洞穴前。從洞口窺視黑漆漆的內部，能看見一條往下的坡道。後面沒有山，如果下面沒有魔法陣，那就是要往地底走了。

「咦？地底啊……」

「嗯？猜錯了嗎？」

「嗯，還以為要去看星星呢。吃會讓頭髮變色的飯那次也是晚上。」

「哼、哼、哼……別猜了，下去再說吧！」

「嗯！」

「我拿燈出來喔。」

莎莉從道具欄取出提燈，照亮黑暗的洞窟前進。

「還是會出怪，要小心喔。」

「嗯。」

梅普露發動【獻身慈愛】以防萬一，用發光力場保護莎莉。

「……其實不用提燈？」

「……大概吧？」

看著因【獻身慈愛】而發光的地面，莎莉想收起提燈。

「……莎莉，是不是根本不用【獻身慈愛】啊？」

「嗯？是啦，沒那個我也不怕這裡的怪物。」

莎莉不太了解梅普露為何這麼說。

「因為今天不是打地城，就只是來看漂亮風景的，路上的氣氛很重要嘛！」

「用探險的感覺來走這個洞窟嗎？」

「對！」

「ＯＫ～看我的。這種零星怪物的攻擊，沒有我閃不掉的！而且既然要探險的話……來！」

莎莉又從道具欄拿出幾樣東西，擺在梅普露面前。

有火把、頭燈安全帽、繩索、鶴嘴鋤、大背包等琳瑯滿目，每樣都符合今天探險的主題。

「雖然有道具欄就不用背包了，可是這樣比較有氣氛吧？」

「嗯嗯！莎莉果然很懂！」

兩人將一人一套的裝備全穿戴上身。背包就像莎莉平時配備的藥水包一樣，能保管離開道具欄的物品，梅普露將繩索和鶴嘴鋤裝進去，完成準備。

「是不是很像樣啊？不過衣服有點不太對就是了。」

兩人來新手地區野外觀光時，穿的一樣是在城鎮逛街用的衣服，身上還是洋裝。

「下次要連衣服也一起準備。」

「應該會比較好吧。」

「那個，一直走下去就行了嗎？」

「嗯，一直走就對了。」

「好～！Let's go！」

梅普露高舉火把，意氣風發地往深處邁進。這裡只是第二階，沒有複雜的機制或強力怪物，探索過程相當順暢。莎莉的魔法在第二階威力十足，來襲的怪物沒能接近就已經倒下。

「小心不要滑倒喔。」

「嗯！把地面照清楚……一直往下耶。」

「差不多要有變化了吧？梅普露，把火把熄掉看看。」

「知道了！」

確定周圍沒怪物後，兩人熄滅火把，黑暗一口氣籠罩四周。

梅普露仔細查看，發現地面到處是點著火把所看不見的微光。不是有東西在發光，比較接近某種奇妙力量讓光芒留在那裡。這讓她蹲下來盯著光團看。

「喔，有了。這就是路標。」

「原來如此……要是用一般方式來探索，很容易漏掉耶。」

「以為每個角落都搜遍了，結果還是漏掉很多東西的事很常見。到現在都還沒被發現的地方一定還很多。」

「嗯～那就要更努力地到處逛了！到時候還是要跟莎莉一起逛！」

「好好好。」莎莉笑著回答臉上堆滿笑容的梅普露。

「知道這裡有路標了吧？到岔路再看該往哪走就沒問題了。」

「ＯＫ～！點火把點火把！」

只要有路標就不會迷路。梅普露按照莎莉所言，每遇岔路就熄滅火把查看路標以免迷路，在黑漆漆的洞窟裡前進。通道愈來愈窄，需要側身通過的地方愈來愈多。

「呼咿～應該走很深了吧？」

「嗯，再不久應該有個直直往下的洞。」

「喔～！終於要到了！好，加油！」

「嗯。先綁個垂降繩……妳好像也不需要，但我還是綁嘍？」

「麻煩妳～！」

莎莉揹起梅普露，用繩索固定住，再將另一端綁在附近的岩石上，從豎井垂降下去。平時梅普露直接從糖漿跳下去或自爆飛行時都是靠防禦力無傷著地，摔也摔不出問

題，但還是要顧及氣氛。不然這一路上也不用拿火把了。

「要抓緊喔。」

「要是有怪物打過來，我就讓他麻痺！」

「謝啦。好，下去嘍！」

梅普露一手緊抓莎莉，一手放在短刀上，做好隨時使用【麻痺尖嘯】的準備。莎莉看她準備好也拉緊繩索，腳踩岩壁慢慢滑下去。

凹凹凸凸的岩壁並不濕滑，莎莉不必擔心踩空，順利下降。途中不時用頭燈往下照確定安全，梅普露也適時用麻痺將飛來的蝙蝠怪打落地面。成功抵達地面後，兩人先處理麻痺的蝙蝠，確定沒有更多怪物來襲才喘口氣。

「呼，辛苦啦。放下嘍。」

「嗯！」

莎莉以魔法消滅所有怪物並放下梅普露。才剛穿過豎井的兩人面前是一條又窄又深的洞穴通道，地面和牆上到處是路標光點。

「好像螢火蟲喔。」

「就是啊，過了這裡就到了。」

莎莉說完關閉頭燈，也催梅普露關上。路標光點沒有上面那麼微弱，關了燈也有十足的光源，走起路來沒有問題。

沿著發光通道走了一會兒，兩人終於來到洞窟的最深處。

散發微光的各色光球飄浮在這個穹頂狀的空間裡，妝點洞頂與地面的光球比通道更多，兩人彷彿來到天象館，往空間中央走去。

房間中央有條連接洞頂與地面的柱子，發出特別強烈的光芒。接近一看，那與其他飄浮的光球不同，是寶石發出的光柱。

「梅普露，妳抓抓看？」

「嗯……哇！拿下來了！呃……『掌中天體』？」

移至梅普露手中的燦爛球體並沒有附帶特效，但她仍看得雙眼發亮。

「喔喔～好美喔！沒有白來了！」

「呵呵，喜歡嗎？那就好。據說目前還沒有人找到用法喔。」

「是喔～」

「這裡雖然很漂亮，可是下來也不容易，不怎麼熱門。」

「所以可以當作我們的私房景點吧！」

「就是這樣。想放鬆多久都可以喔。」

兩人在這寧靜的空間坐下，仰望夜空般的洞頂。

這時，梅普露發現她猜對了。

「啊，結果還是星空耶！」

「對，地底下的星空。根據我的調查，每一階層都至少有一個以夜空為主題的景點喔。」

「咦～好想全部逛一遍喔！」

「沒問題！只要妳喜歡，我隨時都能跟妳去探險。再說，搞不好全部逛過以後會有事件發生喔？」

「有就好了！不過沒有也沒關係啦……」

「是喔？」

「嗯，光是到這裡來就很好玩了！」

對梅普露來說，這景象和兩個人一起開開心心的探險過程才是最大的回報。相信從今以後，這點也不會改變。

「這樣啊。嗯，我也是。」

「啊！對了，莎莉！這次只有一個紀念品耶，怎麼辦？」

「……妳拿去呀。」

「我嗎？」

「嗯，這樣隨時都可以拿出來回憶。」

「這樣的話妳不是應該也要有一個嗎？」

「呵呵，我才不會忘記，不需要。」

「咦～？我哪有那麼健忘啊～！」

「真的嗎？」

「真的啦！」

兩人不約而同地對看，在黑暗中也知道彼此正相視而笑。兩人望著地底的星空，吃著買來的便當，時間悠閒緩慢地流逝。

# 第五章　防禦特化與四人組

這幾天都在各階層到處跑的梅普露和莎莉今天另外有約，在第七階城鎮等待對方。

「應該快來了？」

「嗯，好像來了。妳看，就是那兩個吧？」

薇爾貝和雛田正從莎莉所指的方向走來。她們的特徵都和梅普露說的一樣，一眼就認得出來。

「這麼快就約得起來真是太好了！」

「那位是，呃，莎莉小姐……？」

「嗯，請多指教。」

「時間寶貴，我們邊說邊走！」

「好哇～莎莉，可以吧？」

「沒問題。」

一行四人就此走向野外。今天表面上的目的是交流，實際上是藉此了解對方的技能之類的戰鬥能力，而莎莉和薇爾貝的戰法差異是十分明顯。

四人聊著些有的沒的，前往有合適怪物出沒的地點。今天梅普露能騎莎莉的馬，沒有移動上的問題。路上，薇爾貝突然對莎莉說：

「啊！可以的話，晚點我想決鬥！」

「跟我？怎麼跟芙蕾德麗卡一樣……嗯，反正聽梅普露介紹的時候就猜到了。」

薇爾貝眼中充滿期待地等待回答，而莎莉想了想後說：

「……要打也要等今天行程結束以後喔。」

「這樣啊！先用魔王怪熱熱身是吧！」

「不過妳不是要找梅普露吧。妳們認識那天就看過了很多，應該夠了？」

「嗯～老實說……我只是想跟妳決鬥啦。」

能否得到資訊都是其次。薇爾貝是跟梅普露說的一樣，純粹想和高手對戰而已吧。選擇莎莉而不是梅普露，則是因為莎莉感覺上比梅普露更接近她。

「真的跟聽說的一樣耶。這個嘛，我是比梅普露更樂意跟人對戰啦，能贏就會贏，不打會輸的仗。所以今天看過妳戰鬥以後，要是我覺得沒勝算，那就請恕我不敢奉陪嘍？」

薇爾貝面對莎莉開玩笑的苦笑，回答：「這要實際打過一場才知道。」

「我是真的不打沒勝算的仗啦，因為我不能輸。」

「莎莉到現在一次也沒受過傷喔！」

「咦！真的嗎！嗯嗯嗯，這讓我更有鬥志了！」

「因為說不定有些技能……是、是以ＰＶＰ沒死過為條件。」

「這個遊戲什麼樣的技能都有，一定會有的啦！」

「天曉得。總之因為這個緣故，我不能保證一定會跟妳打喔。」

「知道了……不過我還是會期待的！」

四人就此出發，要打倒某個怪物。

她們在一座岩山底下下馬。從這裡開始，需要走路登上目的地。

「途中有幾個檢查點，要全部通過才會出魔王喔！」

「也就是說坐糖漿之類有飛行能力的怪物直接飛上去，不會觸發山頂的事件。」

「……妳們都知道啊？」

「我們只是跟梅普露約好之後有做了一些調查而已，不然也不會來這裡吧。」

梅普露終於明白她們不是要去觀光景點，和其餘三人一起走進岩山。

路是先穿過岩山之中，最後從山頂出來。薇爾貝說的檢查點都在岩山內部。

「那我們快走吧！」

「是啊是啊！」

一行人以梅普露和薇爾貝帶頭，莎莉和雛田在後的隊形行進。岩山內部是至今探險過無數次的洞窟構造，但一隻怪物也沒出現，輕輕鬆鬆就來到檢查點。

那是個類似魔王房門，有細緻裝飾的門，一眼就看得出是檢查點之類的配置。

「到了喔！」

「好大的門喔……呃，現在要做什麼？」

「從隊伍裡挑幾個人進去，打贏裡面的怪物就能前進。人數愈多，怪物愈強。」

「這樣啊～」

「這裡就我上吧！」

「……不像是適合打，就只是想打得受不了的感覺呢。」

「猜對了！」

這一路上她們避免了所有不必要的戰鬥，薇爾貝精力充沛得有剩。她將挑戰人數設定為一人後，門隨之開啟。

「我們也可以進去……但、但是不能參與戰鬥。」

「那就幫她加油吧！」

「是啊。」

薇爾貝先進門，梅普露幾個也跟著進去。門後是圓柱形的平整空間，中央有個約兩公尺高的人形石像。

在薇爾貝裝上拳甲，握緊雙拳備戰的同時，石像發出沉鈍聲響開始動作。石像也沒有武器，同樣舉起雙拳擺架勢。石造的身軀遠比薇爾貝魁梧，光憑外表會覺得薇爾貝沒有勝算吧。

「好，開打嘍！【雷神再臨】！」

薇爾貝的身體隨這句話迸射出大量電流，霎時停止毆打過來的石像動作。

「【電磁跳躍】【心跳停止】！」

動作停止的那瞬間，她以遠超乎莎莉技能的速度跳向石像，一拳揍過去。同時又是電閃雷鳴，才剛恢復動作的石像再度產生短暫僵直。

「【重雙擊】！」

左右雙拳的連擊抓緊這一瞬的僵直搗在石像軀體身上。與細瘦身材極不相襯的強大威力轟出沉鈍聲響，打飛了石像。

「【疾驅】！」

緊接著她以空手戰鬥專用的技能急劇加速，一口氣逼近至戰鬥範圍，身上迸出蒼白電光。

「【放電】！」

這一擊爆發出隨攻擊次數與挨打次數累積的電，反覆電擊石像。

結束的同時，薇爾貝所迸射的電流逐漸減弱，石像倒地不起，化為光而消失。

「嗯～根本不是對手！」

「好厲害喔！跟上次不一樣，咻咻咻地一下子就打完了耶！」

「我來這裡很多次了，隨便打都會贏的啦！」

「好好喔，動作快真的好帥喔！」

「…………」

「……莎莉？」

在薇爾貝和梅普露起鬨時，莎莉閉著眼睛回想剛才的戰鬥。

薇爾貝不只是梅普露說的那樣只會電擊，今天近距離見到了她空手戰鬥特有的打法。

但有件事讓莎莉感到不解。

空手範圍最短，因此空手技能威力大多設定得比較高。

儘管如此，她還是覺得薇爾貝的拳非比尋常地重。

「風險嘛……避不掉吧。」

「…………？」

「啊！我打得怎麼樣！想跟我打了嗎？」

「嗯，想。晚點來打吧。」

聽莎莉這麼說，薇爾貝笑得好開心。

「不過呢，總不能只讓妳秀招式給我看，下次換我了。」

「喔喔～！太好了！」

「要是看過以後覺得沒意思，隨時可以反悔喔。」

莎莉這麼說完就帶頭往下一道門走去。

如同上一段路，這次也沒有遇見任何怪物就輕鬆來到第二道門前。

「對了，薇爾貝，妳說妳來過很多次？」

「因為想找怪單挑的話，這裡很方便嘛！不過已經快不夠打了。」

薇爾貝每次找到合適地城，就會拉著雛田殺進去，渴望能找到強力魔王。只要和雛田搭配，不管任何魔王都是一面倒，這也讓薇爾貝無法充分享受戰鬥。

總不能每次都拉著雛田跑，這裡也有單挑起來能感到挑戰性的對手，所以薇爾貝都是一個人來此修行。

「我自己就一直在進步，配上雛田的話是不會輸的啦！」

「然後妳就找到我和梅普露這個新的對手了。」

「我從以前的活動就知道妳們很厲害了！」

「沒錯沒錯，我們是競爭對手喔！」

經過這些交談，莎莉能夠確定薇爾貝沒有表裡不一，真的就是梅普露說的那樣。

「雖然說是競爭對手，可是梅普露妳沒有很喜歡ＰＶＰ吧？」

「嗯……好像是。只有活動的時候會打吧。」

「聽到了沒，想找人決鬥的話就來找我吧？」

已經有一個這樣的玩家，再多一個也沒什麼差。

「雛田不像我這樣一直想戰鬥，妳肯跟我決鬥真的是太好了！」

薇爾貝喜歡尋找能單獨開心打鬥的地方，跟有必要才開戰的雛田很不一樣。

「和薇爾貝一起打是很好玩啦……可是，看到有人能讓她玩得開心……我也很高興。」

「莎莉，責任重大喔！」

「嗯嗯，總之就先到那扇門的另一邊，看看妳還想不想跟我打吧。」

「知道了！」

說完，莎莉便走向出現在通道彼端的第二道門。

「我一個人挑戰就行了吧？」

「加油喔，莎莉！」

「呃……加油喔。」

「我會看清楚的！」

「那我走啦。」

莎莉將戰鬥人數設定為自己一人，踏入和上次一樣的圓柱形戰鬥場地。

裡面同樣有個石像，手拿簡直是鈍器的石製巨劍。

「看起來是威力型戰士呢。」

莎莉面對石像，抽出兩把匕首備戰。

「朧，【火童子】。」

朧替她纏上火焰後，莎莉直奔向前，逼近石像。她和薇爾貝一樣，與石像有巨大體格差距，這次武器的攻擊範圍也是石像遠勝於她，先出手的自然是石像。

劍以不像是石像的速度劈來，瞬時劃破空間。在些許揚塵中，莎莉側身緊挨著閃過，從攻擊巨劍開始反擊。

「沒傷害。既然這樣……！」

她接著竄過石像側邊，用兩把匕首砍擊其腹側。傷害特效接連迸發，莎莉又拉開距離。

【劍舞】的ＳＴＲ加值還很低，莎莉打出的傷害並不是最大值。

然而莎莉的攻擊力本身絕不算低，從ＨＰ減少的比例比薇爾貝少很多看來，她的攻擊力肯定相當高。

「呼！喝啊！」

莎莉迅速轉身，以幾乎貼地的低姿勢衝刺躲過橫掃的巨劍，以匕首砍過一腳並竄到石像背後。

如此反覆之下，反而是石像每次攻擊時身上都會迸出傷害特效和火焰。石像的每一擊都造成破綻，愈打ＨＰ愈少。

完美的反擊。莎莉沒用技能，只憑純粹的技術將石像打得七零八落。即使沒有一眼便知的強力技能，整場戰鬥也十分驚人。

「第一次看她現場戰鬥呢……」

「是啊……石像應該沒有被弱化。所以，莎莉她是真的……就只是閃開而已。」

「嘿嘿嘿，很厲害吧！」

「超厲害的！」

薇爾貝在自鳴得意的梅普露面前凝視莎莉的一舉一動。在她眼裡，莎莉的迴避也沒有用到任何特殊技能。而實際上她也沒有這樣的技能，就只是憑藉基本攻擊和運動能力戰鬥而已，距離使出全力還有很大一段距離。

「嗯～！超期待的啦！」

在薇爾貝引頸期待地注視下，莎莉不慌不忙地避開巨劍，斬倒石像。

最後莎莉沒受過一次攻擊就破壞了持用巨劍的石像，用的技能只有【火童子】一個。

「辛苦啦，莎莉！」

「嗯，謝謝。」

「辛苦辛苦！我突然……變得好期待喔！」

「那真是太好了。」

「我好想好想再看妳多打一點喔！這個石像根本就不夠看對不對！」

只要打得中，石像的攻擊是具有能輕鬆消滅薄皮玩家的威力。但遇到連續震暈而無法行動，或是攻擊遭到完全閃避，當然是力量再大也無用武之地。

「魔王好像還挺強的喔？」

「跟我還是差得遠啦！所以我們趕快打掉，開始今天的主題吧！」

「還是要打完是吧。」

梅普露和雛田看著說得很開心的薇爾貝和應話的莎莉，跟著她們走向下一道門。

「她們好像很聊得來耶，一拍即合的感覺？」

「她們……說不定有些地方滿像的。」

「說不定喔！」

剛見面沒多久就這麼合拍，或許真的是兩人性質相近的緣故。

「妳知道檢查點有幾個嗎？」

「呃……還有一個。加上魔王，還有兩次戰鬥。」

「謝謝！那麼，既然莎莉她們都打過了，最後輪到我們了吧。」

「那個，我不適合單打獨鬥……可以的話請妳一個人打，或者是……那個，跟我一起打。」

雛田是走極端的削弱路線，可以把敵人的能力降得亂七八糟，但欠缺傷害能力。

「那我們兩個就一起打吧！然後魔王就全部的人一起上！」

「好、好的……我加油！」

「好～莎莉！下次我跟雛田一起打！」

「我有聽到，有得忙嘍。」

「下次會很強嗎？」

「啊，不會。我是說石像對上她們會很慘的意思啦。」

「對呀，雛田很強喔！」

「梅普露也很強喔。」

「哈哈哈，很早以前就知道了啦！」

她們倆適不適合與某種怪物戰鬥的落差，比薇爾貝和莎莉都大得多。若是先前那些石像，結果是顯而易見。

一路往山頂走的梅普露一行來到最後的檢查點門前，按照計畫由梅普露和雛田兩人挑戰。

「加油～！」

「好、好的！」

梅普露在前方舉起塔盾，雛田躲在她身後進門。與過去相同的戰鬥場地中，有不同以往的兩具石像。

一具用的是石製大弓，另一個是大槌。

「哇哇，有兩隻！」

「那個、那個，我先定住它們……！」

「定吧！我用【獻身慈愛】！」

梅普露先發動【獻身慈愛】替雛田抵擋攻擊，並叫出糖漿看她下一步怎麼做。

「【悲嘆之河】。」

雛田散布的寒氣瞬時擴散至整個圓柱狀場地，停止兩具石像的動作，範圍完全不是梅普露的【凍結大地】能比。在石像凍成冰雕時，兩人盡可能地加大優勢。

「糖漿，【巨大化】【白色花園】【紅色花園】【陷落大地】！」

兩人一起騎在糖漿背上，在地面散布對自己有利的地形。

「【星之鎖鍊】【災厄傳播】【脆弱冰雕】【重力壓迫】。」

雛田用上次她和薇爾貝打倒魔王時的技能，續以寒氣與重力壓制兩具石像，持續停止其動作。

「再來……【鎧甲鏽蝕】【死亡跫音】。」

雛田的布偶湧出黑色霧靄漫地而行，包覆不能動的石像降低其防禦力。好長的壓制時間。一旦行動遭到停止，就會不斷受到下一個技能壓制，連一擊也不允許。

「梅普露……那個，麻煩妳攻擊。」

「嗯！【全武裝啟動】【開始攻擊】！」

陷入地面、冰凍、遭重力壓垮的兩具石像完全無法抵抗，被梅普露的槍砲一一擊穿。

「哇！打好痛！」

梅普露打出遠超乎預想的傷害，石像的ＨＰ顯著削減。槍擊聲中不時摻雜著雛田的聲音，聽得出那是在釋放某些技能。石像也以屢屢僵直印證這點，防禦力降個沒完。即使梅普露槍擊威力不變，只要對方防禦力一路下墜，原本需要灑子彈才打得出傷害的技能，也變成每一發都重得驚人。

「她的能力比梅普露說的……還要厲害多了。」

「弄成這樣就沒有輸的道理啦～」

在薇爾貝與莎莉的注視中，雛田的重力和冰，梅普露的地形變化與異常狀態使石像化為單純的槍靶，戰鬥以至今最一面倒的蹂躪結束。

通過最後的檢查點後，四人沒有休息就直接往山頂前進。

「怎麼樣，雛田真的很厲害吧？」

「嗯！好厲害！」

「那個，我，沒有啦……」

「真正強的是雛田喔～！」

「薇爾貝妳也很強，只是雛田這種類型的我還沒看過就是了。」

無論如何都不能冒然闖進雛田的技能範圍。那比薇爾貝的落雷更難防禦，只要中一次就會中個沒完，無法動彈到戰鬥結束，非常危險。

「我跟雛田兩個人加起來就無敵了！」

自心滿滿地大放厥詞的薇爾貝身旁，被誇個不停讓雛田很害羞的樣子，但戰況已經證明那不是誇大。

「我跟莎莉加起來也是無敵喔！」

「說得好！」

「都說得這麼直接，更不能辜負妳們的期待了。」

「那我就一口氣幹掉魔王，趕快來見識梅普露搭檔的本領吧。」

「真的……非常期待的樣子呢。」

在路上看過莎莉一次戰況，讓她更躍躍欲試了吧。薇爾貝迫不及待地奔上坡道。

「啊，可是我從來沒打過四人版的魔王，說不定比想像中強喔。」

「四個人都盡全力去打的話應該沒問題啦。如果還打不贏，那這個魔王實在是……」

這裡的每個人各有其強項，而且是出類拔萃的強。一般魔王顯然是拿她們沒轍。

「雛田！不管來的是什麼樣的魔王都一樣，看妳的嘍！」

「防禦交給我！」

「好、好的……這樣我，就安心了……」

「我的傷害都是慢慢砍出來的，所以打魔王的話主角是梅普露跟薇爾貝了吧？」

莎莉和薇爾貝一樣，不知道四人版的魔王是什麼情況，只能等開戰後臨機應變。有雛田和梅普露在，多的是時間觀察魔王的行動。

路上照例沒有戰鬥，四人輕易來到魔王房門前，毫不猶豫地推門進去。

門後是缽狀的山頂空間，岩壁圍繞四周，像個大型競技場。戰鬥區域中央有個比先前大了兩號以上的石像，手持石槍石盾，全副武裝地佇立著。

「第一次看到拿槍的耶！雛田，要全力控住喔！【雷神再臨】！」

「好……！」

「好～我也來，【獵食者】！」

「就讓我看它怎麼出招吧。」

四人各自備戰，維持在【獻身慈愛】的範圍內，和之前一樣警戒著石像的行動前

進。

「來啦！」

當她們接近到一定程度，石像開始動作，往天空刺出那把巨槍，並在觀察那是什麼攻擊的梅普露等人眼中猛一蹲下高高躍起。

「哇哇！跳起來了！」

「直接衝過來了！」

石像的槍發出在空中也顯而易見的光芒，擺明劈頭就要用強力一擊破壞隊形。

「可是這樣的話……」

「你就跑不掉了！」

「呃，【羽翼消融】……！」

雛田發動技能，撲來的石像忽然失去衝勁，墜落地面。

「【凍結大地】【星之鎖鍊】【災厄傳播】。」

接著她直接將落地的石像凍在地上，並照常降低其防禦力。這時梅普露對準槍口，莎莉和薇爾貝也各自身纏火焰與雷電衝上去。

「【電磁跳躍】！」

「【水道】！」

莎莉遁入水中，薇爾貝拖曳電光躍起，逼近魔王輪番猛攻。

「【風暴之眼】【閃電雨】【落雷原野】！」

衝到腳邊的薇爾貝周圍落下大量雷電，毫不留情地電焦石像，血條一截一截掉。

「【五連斬】！」

當魔王遭受大量傷害而轉向薇爾貝的那一刻，莎莉選擇用技能攻擊。傷害比普通攻擊高的連斬，即使【劍舞】的強化並不完全也能打出滿意的傷害。

「【開始攻擊】【流滲的混沌】！」

現在不能使用【毒龍】，梅普露便從後方用遠程技能進行超乎支援的強力射擊。石像的大石盾也無法擋下這一切，身上到處迸出傷害特效。

然而【凍結大地】只能阻止移動，石像即使被圍攻逼得向後翻仰，也仍對傷害最高的薇爾貝刺出巨槍。

「【格擋】【全神一擊】【連鎖雷擊】！」

薇爾貝舉拳架開巨槍，利用技能提供的必定防禦所製造的空檔直踹石像的腳。同時產生的雷擊迸發大量傷害特效，再加上依然劈個不停的雷，讓魔王仍未將攻擊對象轉移到還在另一邊攻擊的莎莉，或是持續射擊的梅普露。

瞬時遭受如此巨大傷害的魔王終於擺脫雛田的束縛，試圖逃離落雷之雨的範圍。

「我也來！再一次！」

這時梅普露以自爆飛行衝過來，在地上彈一下滾到魔王腳邊再發動技能——那是她

和雛田都有的技能。

「【凍結大地】！」

地面隨梅普露的呼喊再度凍結，魔王向後退卻被定在地上。

「乘勝追擊！」

「看刀！」

魔王沒能把握這堪稱唯一的機會後，結局跟檢查點的石像沒有兩樣。

「啊～打完了呢。」

「其實沒什麼嘛。梅普露，辛苦啦。」

「嗯，辛苦了。」

「那個……再來是……」

打完魔王後，薇爾貝往莎莉看去。莎莉也沒有改變心意，默默點頭答覆，薇爾貝便立刻提出決鬥申請。

「加油喔，莎莉！」

「我是絕對不會輸的。」

「話不要說得太早喔～」

「薇爾貝……我會替妳加油的。」

「感覺會比打魔王更好玩喔！」

莎莉接受薇爾貝的申請，兩人開始傳送而消失。

來到決鬥專用場地的兩人拉開距離，面對面等待決鬥開始。

「呼，隨時可以開打喔。」

「ＨＰ扣光就算輸。拿出妳的全力喔！」

「那當然。既然非贏不可，也沒什麼好保留的。」

「開始嘍。」

只見薇爾貝舉拳，莎莉舉起匕首等待倒數計時。開始訊號響起的同時，薇爾貝爆出雷光。

「【雷神再臨】！」

「我看過妳的戰鬥了，上嘍！」

莎莉已從她與石像的戰鬥發現，她身上迸散的雷光其實沒有傷害。雖然還不足以樂觀，但可以歸納出那是她種種雷電技能的開關。既然不會受傷，她身上的雷電就沒有影響，不用太擔心。

「【風暴之眼】！」

「【冰柱】！【右手：吐絲】！」

薇爾貝呼喊的同時，一大片雷電以她為中心向外沿地迸射。

「不錯喔！」

莎莉以絲線升到空中避難，並於確定雷電通過之後立刻行動。

「朧，【黑煙】！」

只見莎莉四周漫起黑煙，掩藏她的身影，緊接著黑煙中落下五個莎莉，各自奔向薇爾貝。

「【震懾閃光】！」

薇爾貝身上迸出類似梅普露【麻痺尖嘯】的特效，所有莎莉應聲而倒。

「【振動拳】！」

緊接著一拳砸地轟出衝擊波，命中倒地的五個莎莉，輕鬆依序消滅。

「【精準攻擊】！」

「唔，難怪感覺不對！」

後頸捱了一刀使薇爾貝ＨＰ掉了一截，而莎莉已在雷擊到來之前瞬時退去。從傷害量來看，薇爾貝防禦力也很低，一擊就拿下了將近一半。

「可是我看出來了，只有一個消失的方法不一樣！」

「看得真仔細。」

「彼此彼此，沒打中妳嗎？」

「我很清楚自己的弱點，才不會被妳震暈呢。」

「很聰明嘛！」

若只是靠視覺反應閃躲，就只能去預測無法避開的攻擊。尤其是廣域震暈、麻痺這方面，莎莉時常在思考怎麼去應付。

致命的技能，必須找機會引誘對方用掉。所以莎莉假裝五人全部中招，用【幻影】掩護自己退開，再立刻以【操絲手】、【跳躍】和【超加速】一口氣縮短距離進行背刺。

「其實我多少有猜到……玩手段是玩不贏妳的啦！」

「所以呢？」

「我要邀請妳……到風暴裡來！」

「原來如此……！」

「【落雷原野】【閃電雨】！」

薇爾貝決定不要想得太複雜，用特大範圍的技能亂燒一通。畢竟只要擊中一次就當場結束，只要在自己周圍布滿雷電，讓莎莉根本無法偷襲即可。讓小手段沒有存在的空間，把她拖進單純的力量對撞裡。

兩個技能以薇爾貝為中心不斷傾注雷擊，且範圍隨她移動而改變，現在的她簡直是風暴的化身。

「來啊，看妳怎麼辦！【電磁跳躍】！」

隨薇爾貝急速躍進，閃電雨也直逼而來。

「朧，【瞬影】！」

莎莉藉朧的技能瞬間消失無蹤，在薇爾貝失去目標時拉開距離逃脫閃電雨，出現後又退開觀察情形。

「【極光】！」

薇爾貝不願輕易放過莎莉，只見她身上雷光加劇，發動技能的同時莎莉腳下地面出現圓形光輝，一道雷柱轟隆打下。命中了就會將她燒成焦炭的強大威力，這次也毫無成果地消失了。

「又來了嗎！」

薇爾貝掃視四周，發現莎莉站在落個不停的雷區外。

「妳也太會玩幻術了吧。」

「因為我有幾個很適合玩幻術的技能嘛。我差不多……要進攻嘍！」

「真的嗎？」

「那當然。閃電雨這東西……可沒有剛才的雷柱那麼粗。」

莎莉說完就壓低姿勢，一口氣衝進閃電雨裡。薇爾貝相信莎莉不會毫無準備就展開突擊，舉拳警戒【幻影】。

「呼……！」

「……！」

薇爾貝眼前出現無法置信的畫面，莎莉居然純靠反射神經和直覺就避開所有閃電衝上前來。

那無數電光沒有一條擊中她，在看起來避無可避的閃電雨中一路逼近。

以力制力。以絕對蠻橫的能力，壓倒這乍看無解的技能。

只要化不可能為可能，就能破壞對手的戰略。

「太、太誇張了吧！」

「要是辦不到這種事……我怎麼能站在她旁邊、呢！」

「【紫電】！」

薇爾貝打出的拳放出紫色雷電，正面襲向以間髮之距閃避落雷的莎莉。如雷電般快速的紫電準確放射，攔阻了她前後左右所有退路。

「那就……！」

既然沒有前後左右能走，莎莉便直接跳過紫電。能在空中製造踏點的她，隨即以立體方式的行動找出活路。

「【超加速】【跳躍】【連鎖雷擊】！」

薇爾貝就等這一刻般一舉加速躍起。即使莎莉擁有空中機動力，也遠比在地面上遜色。

薇爾貝劈劈啪啪積蓄電力揮拳，在出現空檔的莎莉身上炸出聲響劇烈的電擊。

「騙人的吧！」

這機不可失的必殺一擊，卻以三度撲空作結。莎莉的身影晃蕩著消散在空氣中，同時薇爾貝感到背後出現動靜。

「【放電】！」

「【超加速】【跳躍】！」

薇爾貝身上射出大量雷電，但背後的莎莉立刻踏上空中，以技能加速離開電擊範圍。

「能消除攻擊的技能是吧……！妳耗掉了我的【紫電】，用分身當誘餌。」

「妳猜呀？總之我終於讓妳把先前戰鬥時看到的危險技能用掉了。」

從薇爾貝HP削減的速率來看，莎莉只要在那一刻出手就肯定能贏得戰鬥。於是薇爾貝才在那種不利狀況下使用向四周放射雷電的【放電】，確實逼退莎莉。

「不錯喔，太好玩了！」

「哈哈，我也是在走鋼索啦。可是，這下總算安靜了。」

【放電】過後閃電雨停歇，薇爾貝身上也不再發出蒼白電流。為了自保，她被迫使用了能造成大量傷害，卻會解除帶電狀態的技能。

「太厲害了！妳真的躲掉了耶！打完以後拜託告訴我祕訣！」

薇爾貝說完又舉起雙拳，表情充滿自信，不像是身處困境的人。

「妳還有絕招的樣子嘛。」

「有啊！」

「哈哈，妳真的很沒心機耶。」

莎莉並沒有可以一擊逆轉情勢，堪稱絕招的技能。只能一步一腳印，走在通往勝利的道路上。

有很多攻擊只能靠事先判讀，讓對方撲空來處理。莎莉非得當場判斷薇爾貝所謂的絕招是什麼類型不可，絕對不能中對方的陷阱。她總是遊走在死亡邊緣，原有的優勢再高，只要捱一次打就會翻船。

即使薇爾貝失去電擊，莎莉也相信她的話，認為她的確有絕招。她不是會在這種時候耍心機的人。

莎莉小心保持距離，趕在【雷神再臨】能再次使用前尋找攻擊機會。

「不能隨便上前的話……朧，【黑煙】！」

她要利用這個只是遮蔽視線，冷卻時間短的技能再度引誘薇爾貝。

只見莎莉單獨衝出黑煙，直往薇爾貝奔去。

薇爾貝上了三次【幻影】的當，對直奔而來的莎莉有所猶豫。猶豫便產生縫隙，屆時再使用【幻影】攻其不備。

而且她這樣直線前進，也能單純靠技術閃躲攻擊，不成問題。莎莉並不會躲不掉出手經過猶豫的攻擊。

莎莉時時評估前進與後退，要繼續削減薇爾貝的ＨＰ。

「…………」

即使只剩幾步距離，薇爾貝也沒有動作。莎莉繼續警戒著前進時，薇爾貝忽然解開架式。

「【雷獸】！」

那與【極光】相反，薇爾貝體內爆出電流化為白色光柱，使周圍全都化為白色。

莎莉發動【幻影】，以【大海】和【古代之海】大幅削減【ＡＧＩ】後快速退離。【金蟬脫殼】能抵銷攻擊，可用來硬推最後一擊，在無法用【神隱】迴避的現在非常寶貴，不能隨便用掉。

見到意外狀況，莎莉保持距離冷靜觀察。光柱消失時，薇爾貝變成了纏繞電流，散發微光的巨大白虎。

「唔～沒打到啊～」

「因為我知道妳在打什麼主意嘛……話說我還是第一次看到梅普露以外的人有這種招式耶。」

「怎麼樣？這次換我進攻嘍！」

對方體型與梅普露的【暴虐】相當，具有壓倒性的存在感，電流也復活了。但在這個不知何時又會下起閃電雨的狀況下，莎莉卻笑了。

「嗯，試試看。我有個不錯的技能喔。」

「……？」

「要進攻的，其實是我！」

莎莉在本該保持距離時猛然加速，奔向獸化的薇爾貝。預料外的反應使得薇爾貝的第一動慢了。

「【高壓水柱】！」

「哇！」

薇爾貝連忙踏進時，軸心腳竟被水柱彈開了。無論對方多大多重都能彈開的效果破壞了薇爾貝的平衡，莎莉也趁對方無法使用技能的一瞬間溜到她肚子底下。

「朧，【火童子】。【二連斬】！【水道】【冰凍領域】！」

並就此使用能在僵直時間內完成的技能賺取傷害，確定薇爾貝HP變多後進行下一個行動前，瞬時在周圍布水並催動寒氣凍成牢籠，加長薇爾貝的拘束時間。

「唔……」

「【冰柱】！……妳沒使用技能，應該是變身以後有所限制吧？」

莎莉造出的五根冰柱平時只是平淡無奇的牆堵，但體型變得如此巨大的薇爾貝卻鑽不出這些以合適間隔包圍了她的冰柱。

「【冰柱】是打不壞的，所以妳這樣跑不出去，結果很明顯了。」

「想不到會被這樣單方面壓制，我完全輸了。」

「這樣啊，那妳就乖乖接招吧。」

既然已經困住對方，從攻擊範圍外猛丟魔法就行了。結果如薇爾貝所言，她一切招式都被莎莉看穿並壓制，決鬥就此結束。

決鬥結束後，兩人仍留在決鬥場中分享心得。薇爾貝問了很多關於那是怎麼做到的，怎麼會變這樣的問題，對結果與過程充滿好奇。

「嗯~真的好神奇喔。就算妳預判得很精準，那也太會躲了吧？妳不是第一次看到【雷獸】嗎？」

「……其實今天會贏是有點小祕密啦。」

「咦？什麼祕密，跟我說嘛！」

「一般的話是不會這麼一面倒。妳真的很強，我也不太適合打妳這型的。」

「嗯……我也覺得是這樣。理論上，我打到妳比妳打到我簡單很多才對。」

但結果卻是相反。這麼說來，莎莉還有很重要的部分沒說。

「我覺得妳們，那個……有點像。」

「很像嗎？」

「嗯。有強力範圍攻擊，不能碰的異常狀態，在貼身距離特別強，但也有遠程手段，然後獸化。」

莎莉也曾在戰鬥中說出誰也擁有這些技能，薇爾貝很快就聽懂了。

「妳的危險範圍跟梅普露很像。」

「這樣啊……因為比誰都了解同伴的招式，自然就感覺到哪裡有危險嗎？」

「當然這也是有啦，但有點不一樣……不要跟梅普露說喔？」

「……？知道了。」

薇爾貝答應後，莎莉沉默片刻後說：

「我一直在等待跟梅普露對戰的一天。我希望我是第一個打倒她的人，也希望梅普露是第一個打倒我的人。怎麼贏她，會怎麼輸給她這種事，我相信沒人想得比我更多。」

換言之，莎莉不只是觀察機會比別人多，想像如何與她對戰的次數也是無人能及，最後應用在動作類似的薇爾貝身上了。

「嗯～！算我對到剋星了……這就是既是夥伴又是勁敵嗎？」

「嗯，對我而言啦。梅普露不是很喜歡ＰＶＰ，不曉得她會不會跟我打。在那之前我不能輸，也要徹底保護梅普露。」

「……會覺得不能輸的話，動作也會變得比較洗練呢。」

「就是這樣。不過再打一次的話，恐怕就不會這麼順利了。」

「我還有招式沒用出來呢，只這次被妳壓著打。再說，我跟雛田一起打才是最強的。」

或許未來會有薇爾貝和雛田對戰梅普露和莎莉的一天。

「我會贏的，因為我不能輸。」

「我也是！幸好這次問了很多！」

「…………我好像說得太多了。」

可能真的跟感覺一樣，薇爾貝有一部分跟梅普露很像，莎莉從來不曾像這樣和任何人說過這些話。

「那我們回去吧，雛田她們還在等呢。」

「也對。」

和芙蕾德麗卡一樣，薇爾貝也約好以後再戰，莎莉的決鬥對手又多了一個。

「希望……真的會有這一天。」

「……嗯，說不定只會有這一次呢。」

決鬥就此結束。梅普露和雛田看她們交情很好的樣子，都不禁歪起腦袋。

如願與莎莉決鬥的薇爾貝一臉滿足地帶頭下山。

「太好了……謝謝妳喔，莎莉。」

「就只是決鬥而已，沒什麼好謝的啦。」

「很高興今天能認識妳！等我變得更強以後再跟妳打一場！」

二對二就先希冀未來，今天到此解散。

「啊，對了，先等一下。」

「嗯，找我。」

解散之前，薇爾貝叫住莎莉分享一個消息，當作愉快決鬥的回禮。

「最近野外的……這附近，好像有很強的玩家在練等級。」

「是喔，來找找看好了。最近特別強的玩家愈來愈多了。」

「雖然妳說過那些話，可是我還是要第一個打倒妳。我們是競爭對手喔！」

莎莉想著另一個老是說這種話的玩家，收下她的消息。

「被我打倒之前不可以輸喔！」

「我說過了，要輸的話不會輸給妳。」

「這樣比較熱血嘛！」

總而言之，消息傳到以後，今天就真的解散了。

梅普露和莎莉告別薇爾貝和雛田，兩人一起騎著馬，破風馳騁在回城的路上。

「薇爾貝很強嗎？」

「很強喔。最近這麼強的玩家有變多的樣子，而且照她那樣說，這附近有一個頗有意思的玩家，想看是誰嗎？」

「嗯，人家都告訴我們了嘛！搞不好可以像她們一樣交個朋友！」

「那就改天來找找看吧，聽說經常能在週末看到。啊，但說不定也會像薇爾貝她們那樣變成競爭對手啦。」

能讓梅普露稱為競爭對手的人變多了。這也是人際關係的一種形式。

「我們也要變得更強才行！我好歹是公會會長呢！」

「很好，我也來幫忙。」

「嗯！有莎莉在我就好放心喔！」

「呵呵，不客氣喔。」

兩人就這麼聊呀聊地，不知不覺就回到城門口了。

---

６２３名稱：無名巨劍手

現在沒活動，第八階還早，

鬧得很耶。

624名稱：無名長槍手
而且第七階好大，還沒有每個角落都走遍呢。

625名稱：無名弓箭手
其他階也很大啦，可是第七階特別大。

626名稱：無名魔法師
可是拿到魔寵以後就好像第七階畢業了一樣。

627名稱：無名長槍手
有必要趁這段時間把魔寵練起來吧。

628名稱：無名巨劍手
是沒錯。上個活動讓我重新體會到魔寵的重要性。

629名稱：無名塔盾手
我也是一直在練魔寵。

630名稱：無名弓箭手
啊，來了。

631名稱：無名魔法師
最近怎麼樣，有啥好玩的？

632名稱：無名塔盾手
嗯～最近沒什麼耶。而且梅普露大多時候都沒待在第七階。

633名稱：無名巨劍手
喔！又發現新地城了嗎？

634名稱：無名塔盾手
沒有啦，她跟莎莉在到處觀光。

635名稱：無名長槍手
過太爽了吧～

636名稱：無名弓箭手
是挺像她的。

637名稱：無名魔法師
她本來就不像是會奮發圖強，跑去狂練等找地城的人嘛。
第一次活動就這樣。

638名稱：無名塔盾手
是說畫圖那個吧。

639名稱：無名巨劍手
我都會覺得很多事不做不行，是不是偶爾也該休個假呢。
說不定現在就是給我們放鬆用的。

６４０名稱：無名長槍手
這遊戲的觀光景點真的挺多的。

６４１名稱：無名弓箭手
我幾乎沒在逛，現在想想說不定錯過很多。

６４２名稱：無名魔法師
享受遊戲的方式本來就因人而異啦。
話說梅普露都是去哪裡觀光？

６４３名稱：無名塔盾手
最近聽說的是浮游城。雲上面那個。

６４４名稱：無名長槍手
那哪是觀光景點啊，明明是爆幹強紅龍的老巢。

６４５名稱：無名弓箭手
風景很漂亮喔。只是一不小心就會死。

６４６名稱：無名巨劍手
梅普露去哪裡都能邊走邊看風景呢，這倒是讓人有點羨慕。
開始覺得不怕偷襲是最大的好處。

６４７名稱：無名塔盾手
今天一定也是上哪去悠哉觀光了吧。

６４８名稱：無名長槍手
而且這個地方對一般玩家來說還是死地呢……

６４９名稱：無名弓箭手
現在是觀光也要防禦力的時代嗎……

６５０名稱：無名魔法師

至少給一般人去的景點我們也能去，我也偶爾去走一走好了。

# 第七章　防禦特化與反轉

梅普露和莎莉相約在週六到薇爾貝說的地方找人，於是來到幾天不見的第七階城鎮逛逛。

最新階層人自然也多，鬧哄哄地充滿活力。在如此熙攘中，梅普露一手拿著冰淇淋，坐在樹蔭底下的長椅納涼。

「既然每層好像都有以夜空為主題的觀光景點，我也找找看第七階的好了。」

仔細回想起來，好景點大多是莎莉介紹的。梅普露帶頭時偶爾會找到好地方，但幾乎不曾帶莎莉出去玩過。

「我也要報答她才行！」

以美景還美景。

既然莎莉都提供了似乎每層都有的情報，這次梅普露要先找出來介紹給莎莉。

「好～加油！」

梅普露吃光冰淇淋，鬥志高昂地站起。

「先從蒐集資料開始！」

和莎莉平時的作法一樣，梅普露先從蒐集資料開始。這是因為還沒有人在第七階找到那樣的景點。

「應該是屬於晚上才會發生的事件！」

但就像莎莉最近介紹的地方那樣，夜空這種東西不是只限地表上有，看不見天空的地方也很有可能出現。

「莎莉是從哪知道每階都有的啊？」

合理推測，這類資訊應該就在某個地方。例如玩家之間的傳聞，或是更確實的來源。

「好！從圖書館開始找！」

梅普露認為既然是莎莉說的，應該有切確的證據，於是打算從ＮＰＣ等城鎮中已有的消息來源尋找提示，並且立刻行動，噠噠噠地奔向第七階的圖書館。

圖書館架上雖擺滿了書，但不是每一本都有內容。大部分區域禁止通行，大部分的書也只是營造氣氛用的背景擺設，實際能讀的有限。

但話雖如此，數量還是很龐大。

莎莉不太可能會去把每本能看的書都看一遍，肯定是尋找關鍵字，或是哪裡有顯而易見的提示。以此為出發點找了一會兒後，她在圖書館一隅找到一排這類型的書。

「都是星星和光之類的……啊，這邊好像不錯。」

梅普露挑一本拿起來，內容是關於星星的事。

「啊，說不定就是這本！呃，有講到湖，星空……進化的黑暗……嗯，有第七階的感覺！」

她從「進化的黑暗」聯想到可能有讓糖漿進一步強化的任務，滿意得直點頭。

「好～！天黑就馬上去！」

為保險起見，梅普露和之前跟莎莉探險時那樣整裝。既然要去的是湖泊，就不能只帶提燈跟繩索，還需要沒有【游泳】和【潛水】也能在水中活動的呼吸管等裝備。

夜晚，空中星光閃爍，也是野外怪物出現變化的時候。梅普露騎著糖漿飛躍夜空。

「在第七階都是給莎莉騎馬載，好像很久沒這樣了。」

路上偶有鳥型怪物來襲，梅普露丟著不管，怪物發現打不傷【獻身慈愛】保護的糖漿，一會兒就放棄了。

只要沒設下特殊怪物來阻擋玩家走特異路線，沒有不悠哉的旅程。

「呃……湖的話嘛……」

根據事先調查，第七階目前已知堪稱是湖的地方共有三個，沒有進一步資料顯示哪個才是她的目的地。

不知道的部分，只能靠雙腿彌補。

所幸梅普露光是騎著糖漿在夜空裡飛也覺得很有趣。只要調整成直直飛就會到，就不用多花心思去操縱【念力】。

空出來的時間，讓梅普露可以躺在寬敞的龜殼上看著星星飛。星空不愧是精心製作，比現實更容易看見細小的星星，不用借助任何工具的力量就能賞個痛快。

「好～多繞幾圈～！」

梅普露飛過夜空，在三座湖之間打轉。

就結論而言，她並沒有找到任何特別的東西。

每座湖都很美，但如果這樣顯眼的湖裡有東西，其他玩家應該早就發現了。

「唔……果然沒那麼好找。那會是哪裡呢……」

倘若書本沒有瞎說，那應該還有其他能稱為湖泊的地方。

「……啊！」

梅普露想到一個可能，再度騎糖漿飛向地圖邊緣。

最後來到的是夜晚的海邊。

這裡不適合練等級，沒有人影，只有寧靜的海浪聲拍打沙灘。梅普露騎著糖漿往海面上飛，來到只長了一棵椰子樹的小島後將糖漿收回戒指。

「再來就是慢慢等了。」

梅普露說完就從道具欄取出零嘴，背倚著椰子樹坐下邊吃邊等。

「哼哼哼……啊！」

悠哉地等著等著，夜晚的漆黑大海忽然伸出一條深黑色觸手，纏住她的身體。

「麻煩你了！」

沒錯，這條觸手會將梅普露帶到……一個說不定能稱為地底湖的地方。梅普露是因為那裡積了很多水，所以想起那裡。被嘩啦一聲拖下水之後，她漸漸沉入潛藏在漆黑海水中的黑霧裡。

張開眼睛見到的，是布滿濕潤岩石的狹小空間。

「好耶！順利過來了！」

梅普露用力伸伸懶腰，往最深處前進。有過一次經驗的她知道怎麼走，無懼於觸手的捕捉不斷深入。

儘管被兼具障礙物功能的觸手一下鞭一下勒，但她不當一回事，毫髮無傷地前進。

雖然她在這裡拿到了技能，但一般人不會那樣拿技能，對大部分玩家來說等於是沒獎品。於是她想到，在這個進入方式特殊的地城裡說不定藏有其他東西。

「不曉得是什麼景色。」

梅普露期盼能趕快享受星空，又被一條觸手抓住。

但是，梅普露還沒有想到一個重點。

那就是如此會被觸手攻擊得七葷八素的地方，怎麼可能是觀光景點。

她是可以忽視這一切，但以一般玩家的防禦力而言，這個地方實在是太危險了。

就這樣，梅普露沒損血就來到了魔王前。

「……？」

和上次不同，夜間的魔王房裡黑水和黑霧都似乎變多了。不過這次梅普露知道怎麼打，有恃無恐地啟動武器。

「要先進它肚子裡！」

知道進入體內就能直接打贏的梅普露，裝上並不是特別為此準備的呼吸管提高潛水能力，主動跳進黑水。

「一、二、嘿！」

幾條觸手伸來迎接噗通下水的梅普露，將她拖向更深處，而那正中她的下懷。

梅普露當然不會敗給曾經打倒的怪物，章魚的肚子被她用毒液、怪物、槍彈和植物塞得一團亂而爆炸了。梅普露也用自爆飛行衝出水面，飛到地面上喘口氣。

「打贏以後……唔，什麼也沒發生。」

原以為隱藏地點說不定會有特殊事件，但擊敗魔王沒有觸發任何類似的事。

「水底下也找一找好了。」

這潭黑水能見度很差，看不出底究竟有多深。

上次拿到新技能就心滿意足地回去了，這次說不定能找到些什麼。於是戴上頭燈保險，用自爆一口氣衝到水底，到處尋找顯眼的東西，最後正好在中央位置找到一個可以更往深處潛的洞。

從洞的尺寸看來，裡面難以重新啟動武器，便暫時退回水面。

「還有那種地方……都沒發現。位置是正下方的話……」

要用自爆爭取時間，一口氣完成探索。如果不能在空氣用盡前回去就直接放棄。

「莎莉剛開始練【游泳】也很辛苦……希望不要太深！」

梅普露再次自爆急速下潛衝進洞穴。或許是因為周圍有牆，在彷彿閉著眼睛的黑暗中仍能感到眼前有氣泡噗噗噗地往上跑。

不久，她發現周圍的牆不見了，且不知何時又能夠呼吸。最後在虛無黑暗中慢慢下沉的感覺也沒了，可見已經到底。

梅普露仰望離得很遠的水面，不知是那裡水比較透明，還是眼睛已經習慣黑暗，這

個豎井的頂端顯得很明亮，像個模糊的月。但或許是她是來找星空，才會有此感想。

「唔，感覺不是什麼美景耶……真可惜。有其他東西嗎……」

就這麼回去也怪可惜的，梅普露便加倍小心地查看四周。

「啊！那不是……！」

梅普露在黑暗中發現熟悉的東西——一個上次多半錯失了的寶箱。

「哇～！是喔，不是每次都直接擺在你面前啊！以後都要仔細找一找了……」

她連上次過關的份也一起開心，一把掀開寶箱。箱中沒有噴發平常那種祝賀之光，而是在如此黑暗中也能看見的黑色物體，彷彿就是這團黑暗的來源。黑暗包覆了梅普露，甚至滲入她體內。

**『恭喜您取得新技能【反轉重生】。』**

「……？……？？」

看來進化的不是糖漿。對她的競爭對手而言，她或許根本不該發現這個上次錯失的獎賞。

脫離地底返回夜晚的海面後，梅普露重新查看新獲得的技能。

【反轉重生】
一分鐘之內【ＡＧＩ】減半，不會受到任何負面效果影響。
下一個使用的「指定技能」會變成系統指定的另一項技能，維持時間為五分鐘。消耗５００ＨＰ。

「消耗５００ＨＰ就是說……只能在【暴虐】或換穿白裝甲的時候用了吧。」

看過技能的發動條件後，她更換裝備提升ＨＰ。

「好～【反轉重生】！」

呼喊的同時身上放射黑霧，跳出紅色的傷害特效。查看屬性面板，發現ＨＰ果真少了整整５００，有幾樣技能在閃爍。

「有【暴虐】和……【天王寶座】，還有【獻身慈愛】？」

即是指梅普露的技能中有三個是【反轉重生】的指定技能。

「那先從最常用的【獻身慈愛】開始試吧！」

見到技能欄中的名稱發生變化後，她膽戰心驚地唸了出來。

「呃……【無果渴愛】。」

如此宣告的同時，腳下以圓形布散的光不是熟悉的白色，而是黑色。然後背上長出

黑色羽翼，頭上也出現同樣染黑的天使光環。

「喔喔～！好棒喔！這樣跟黑鎧甲比較搭耶！」

梅普露高興的點和一般人不太一樣，換回黑甲自得其樂了一會兒才想起有時間限制，趕緊查看新效果。

「嗯……將使用者本應成承受的傷害轉嫁給範圍內的隊友和魔寵分擔……唔，真的是相反的感覺。」

【無果渴愛】和【獻身慈愛】相反，使用期間會讓範圍內的夥伴分擔自己所受的傷害。對不會受傷的梅普露來說，【獻身慈愛】是個超強技能，但反轉的【無果渴愛】就沒有多大意義了。

如果是防禦力低攻擊力高的玩家來使用這個技能，相信能大幅提升生存能力。只要確定自己可以活到範圍內的所有夥伴倒下為止，攻擊手就能提供最大限度的傷害輸出。

「啊，這樣就可以用【獵食者】保護我了！」

雖然召喚【獵食者】之後還得多加一步換裝的動作，只要用得好，說不定就能打出不同於保護周圍所有人的戰術。

「好！要仔細想想怎麼用了！」

新收穫讓梅普露開心極了，為下次一定要找到觀光景點而鼓起鬥志，然後為保險起見又到處檢查一遍以免遺漏。重新探索而獲得技能，使她檢查得加倍小心。

「【反轉重生】每五分鐘可以用一次，再試試其他技能吧！」

梅普露就這麼一邊探索一邊摸索新技能的妙用，在海邊走來走去。

---

802無名巨劍手

號外：梅普露變墮天使了。

803無名長槍手

？？？？？

804無名魔法師

已經是了吧？

805無名弓箭手

不是才聽說她最近沒在幹麼嗎？

８０６無名塔盾手
我怎麼都不知道！

８０７無名巨劍手
可是兩邊帶著那種只有嘴的怪物的女生也沒別人了吧。

８０８無名魔法師
沒有吧。

８０９無名弓箭手
應該沒有。

８１０無名巨劍手
梅普露背上長出黑色翅膀，
地上還發黑光。

８１１無名長槍手

連特效顏色都變了？

812無名弓箭手
我有聽說過這種魔寵，可是沒聽過玩家版的。

813無名魔法師
原來梅普露是魔寵……？

814無名巨劍手
是怪物吧。

815無名塔盾手
一部分是怪物沒錯啦。

816無名長槍手
無法完全否定。這也是當然的啦。

８１７無名巨劍手
我只知道這麼多，只能等犧牲者分享經驗了。
８１８無名魔法師
肯定會有犧牲者了嗎……

# 第八章　防禦特化與弓箭手

梅普露全然不知討論版上的新話題，在週末像平時那樣來到第七階城鎮集合。

「……妳又～找到怪技能啦？」

「嗯，嚇我一跳。說不定以前去過的地方也有漏。」

「的確是不敢說沒有。以前打死魔王沒掉東西，或者覺得魔王本身弱得很奇怪的地方，說不定都有再打一次的價值。」

莎莉拿薇爾貝帶她們去的岩山舉例。或許是能認為自己太強，但用了一整座山的地城就那麼大，免不了有跟怪物強度不搭的感覺。

「像這種時候搞不好就漏了什麼。不過目前沒有相關消息，只能自己去找了。」

「唔，探索也是很深奧的呢。啊，下次再給妳看我新拿到的技能喔。我一直找不到怎麼用比較好，說不定妳能幫我想到好用法！」

「那我就來幫妳想吧。對了對了，妳還沒用上次拿到的銀幣換技能吧，說不定裡面有好東西喔。」

「嗯！既然有競爭對手了，希望能找到好技能。」

「我已經選好了，下次一起給妳看。」

「嗯！好期待喔！」

雖然莎莉贏得了決鬥，但贏得ＰＶＰ活動才是真正的勝利，有必要針對雛田的能力設計戰術。

「我們要去找的人一定也很強，希望能多看一點他的技能。」

「好～莎莉我們走！」

「嗯，我叫馬出來。」

梅普露和莎莉結束對話準備出發，上馬前往所謂有強力玩家練等的地方。

「薇爾貝說一看就知道，應該很顯眼才對。」

「嗯嗯。」

兩人來到的是清風怡人的平原。這裡是鳥類或小龍等並不稀有的飛行怪物棲息地，到處都能見到牠們在視野遼闊的天空中飛舞。

「【獻身慈愛】！」

「嗯，謝啦。」

這區域怪物數量眾多，動作迅速。儘管對莎莉來說全部躲開不算什麼，但今天目的是尋找玩家，干擾肯定是愈少愈好。

「找看起來很厲害的人就對了吧？」

「嗯，薇爾貝沒講外表上的特徵。」

是為了保留發現時的驚奇吧，薇爾貝只告訴她們地點而已。一般而言，要從一群人當中找出來並不容易。

如果不需要更多資訊就能找出來，就表示對方跟梅普露邂逅薇爾貝那當時一樣，擁有某些顯眼的能力。

「應該一眼就能看出跟別人不一樣吧，就像現在的妳？」

「咦！」

其實兩人對話時，梅普露是不停反彈著周圍怪物的風魔法或衝撞。她們對此是司空見慣，但這顯然不是一般狀況。

也就是說，找這種人就行了。

在平原繞了一會兒後，她們還真的發現了條件符合的玩家。

對方是一男一女的搭檔，都是高高瘦瘦。男子手拿與身高相仿的大弓，呈吟遊詩人的裝扮，女子則是經典款女僕裝和拖把。莎莉說得沒錯，她們遠遠就發現了這兩個乍看之下非比尋常的玩家。

基本上男子負責攻擊，女子專司支援。

驚人的是弓的射速。才見到他瞄準了空中的小龍拉弓，下一刻龍已經爆出紅色傷害特效，ＨＰ一擊歸零。

隨後也都是這樣的一箭一殺，怪物標靶似的紛紛落下。

「好厲害喔！原來弓可以射成那樣嗎！」

「啊～我們周遭沒人玩弓嘛。一般不會那樣喔，嗯。」

男子理所當然似的全數命中這點就已經夠異常了。從莎莉憑藉迴避力存活至今，就能了解到箭是必須經過瞄準的東西。而且射箭除了瞄準之外，還要考慮射速和對方的位移才射得中。

「他的威力、準度、連射速度每項水準都很高，是一個很強的弓手。而且依我看，他應該沒有使用技能。」

遊戲裡也有現實所不可能的弓系技能。例如同時射出許多枝箭，扭曲箭的路線等。如果先前那陣射擊都是不經這類影響的普通攻擊，實力恐怕是難以估計。

「可是呢，與麻衣和結衣相比，他射箭的威力實在太高了，應該有其他因素在。我想那個女僕的強化能力應該很厲害。」

破壞力竟然能與全點ＳＴＲ加上技能加值的那兩人媲美，就算玩家本身的技術再好，那也必定是受到某些技能的影響所致。

「這樣啊……」

兩人一組就這麼強，也難怪薇爾貝會感興趣。此後男子也箭無虛發，將怪物一一擊

落。

「射箭也好帥喔……」

「嗯，這麼準的話應該很好玩吧。」

在梅普露和莎莉遠遠觀望下，那兩人轉瞬間將周圍怪物全部清空，放下朝天高舉的弓，並往梅普露她們這邊走來，看起來並不是碰巧。那兩人停在梅普露她們面前，男子先開口說：

「真難得，居然會有人停下來看這麼久。」

「就是啊，而且還是名人呢。」

在這麼近的距離下當面一看，男子親切有禮，女子也落落大方，很沉穩的樣子。

「你們認識我啊？」

「多多少少啦。」

「那當然，穿那麼顯眼的鎧甲，一眼就認出來了。」

由於今天是在第七階行動，梅普露和莎莉穿的都是最強裝備。這兩人說得沒錯，只要穿上這身裝備，目前ＮＷＯ大概沒人不認識她們。

「妳們是梅普露和莎莉沒錯吧，是來刺探敵情的嗎？」

「那個，薇爾貝說這裡有很有意思的人……」

提起薇爾貝這名字，他們都點頭表示理解。

「原來她說的就是妳們啊。之前薇爾貝來跟我們說過。」

「她說跟強力玩家對戰很有趣，所以介紹對方來找我們，原來就是梅普露跟莎莉啊。」

「你們好厲害喔！」

「被人稱讚的感覺還不壞嘛。」

「那種事對威爾來說只是小意思呢。」

這時兩人發現自己還沒自我介紹，分別報上名字。稱作威爾的男子叫威爾巴特，女僕裝女子叫莉莉。

「我是【Rapid Fire】公會的會長，不過也是靠威爾幫忙才經營得下去。」

「哈哈哈，我也是。」

諸如戰術這些事幾乎是莎莉在策劃，梅普露頂多是錦上添花。像上次活動中，用自爆當信標就是梅普露的主意。

「方便聊一聊嗎？說妳們是來刺探敵情，應該不算錯吧？」

「我們也是第一次親身接觸妳們。妳們公會人那麼少卻屢屢打出好成績，我對妳們很感興趣呢。」

「既然這樣……」

「好！我們來聊聊！」

在薇爾貝的介紹下，兩人和【thunder storm】那時一樣，和【Rapid Fire】的正副會長開始交流。

「剛才打倒的怪物再過不久就要重生了，到安全區域聊會比較好……」

「那就是傳說中的防禦力場吧。」

觀察他們倆時，梅普露也仍維持著【獻身慈愛】保護莎莉。不僅是在第四次活動中受到集中轉播，人們見到她在戰鬥時也大多是長著天使之翼，在最前線跑跳的玩家幾乎沒有人不知道這個技能的存在。

「那個，這招只會保護隊友啦。」

「我想也是。其實不走也沒關係，我和威爾也沒遜到會被這裡的怪物打倒。」

「要往哪裡去？我們不常來這附近，不曉得安全區在哪裡……」

「那就跟我們來吧。」莉莉馬上帶路，引來怪物的襲擊，但威爾巴特精準的射擊讓牠們一隻也無法靠近。

「……梅普露跟他們打的話，基本上一定要躲在盾牌後面了。」

威爾巴特的箭精準無比，可想而知【ＡＧＩ】為零的梅普露那幾步根本沒意義，而且臉或腳一露出來就要被射中了。

「嗚嗚……真、真的好像會是那樣耶。」

「我也知道一些弓的基本技能。有改變發射數量的，也有高弧線的。」

「是啊，這沒什麼好隱瞞的。這些基本技能我當然都有。」

「……那威爾巴特，你還有更厲害的招式吧。」

「妳說呢？不過我看妳早就心裡有數了。」

「單純射箭的話，應該不會有那種威力和手速。」

「觀察力不錯嘛。」

「哈哈，威爾很強喔。莎莉，我也聽說妳很會閃躲，但是快得剛發現就已經要射中妳的箭，就沒那麼好躲了吧？」

「……很難說喔？」

「真有自信，愈來愈想看妳多能躲了。薇爾貝指的就是這個吧。」

梅普露對莉莉自得其樂的樣子並不介意，很坦率地說：

「莉莉小姐，妳穿這樣好好看喔！」

「這個嗎？因為已經穿很久了吧。差不多也該穿習慣了。」

說完，莉莉轉呀轉地要弄拖把。

「原本莉莉也對這件衣服有點意見，可是能力很強就繼續穿了。」

「是啊！好不容易拿到一件稀有裝備，結果是這種造型，真希望設計的人能換個立場想一想。」

莉莉的氣質與這種傭人的服裝相反，比較像是雇主，難怪會成為公會會長。會覺得不合適，是因為那跟她的傲氣不相襯吧。

「不過它還是一等一的裝備。這把其實是槍的拖把也是。」

「原來那是槍嗎！」

「是啊，不過跟外觀一樣，沒什麼攻擊力。」

「……妳透露得還真多。」

「這都沒什麼啦，況且……」

這時莉莉轉向莎莉，帶著挑釁笑容和一身強烈自信說道：

「就算所有技能都被妳們知道了，我和威爾還是能打贏妳們。」

「我說過好多次了，妳這樣說實在太誇張。」

「不不不，強就是這麼回事。」

「……我只是盡力而為而已。」

「很好，威爾，保持下去。這樣就對了。」

「妳跟薇爾貝好像會很合得來耶。」

「薇爾貝也是個很有自信的人，所以我們有很多共通點。再說薇爾貝和雛田也真的很強。」

「如果再有排名型ＰＶＰ活動，勢力版圖又會有所變動了吧。啊，安全區就在那裡

……但似乎沒有必要就是了。」

有邊聊邊擊墜所有怪物的威爾巴特，和邊聊邊走還能保護隊友的梅普露在，哪裡都是安全區。

「別這樣說嘛，威爾。坐著說話可以聊得開心一點。」

「是沒錯。」

四人就此來到不會有怪物干擾的安全區。

這裡是平原外圍的一棵大樹底下，怪物不會接近以此為中心的一定範圍內，可以悠閒地聊。

「每次都是在轉播畫面上看妳們打得那麼精彩，讓我一直很想實際接觸看看呢。改天要謝謝薇爾貝了。」

然而梅普露和莎莉就只是聽了薇爾貝的話，想遠遠觀察所謂有趣的人是有什麼樣的能耐。別說戰鬥方式，就連對他們本身的印象也是才剛建立，沒想到會這樣近距離對話，也沒想過要問些什麼。

「嗯～那我就問妳們一個問題吧。」

「請說！」

「可以把絕招之類的告訴我嗎？」

聽到她問得這麼直接，梅普露和莎莉都傻眼了。看她們滑稽的表情，莉莉吃吃笑著改口：

「一半是開玩笑的啦，這樣對妳們沒好處嘛。所以呢，我們不如就像薇爾貝那樣，一起找個地城去打怎麼樣？」

這樣就對梅普露和莎莉有好處了。從薇爾貝和雛田的強度來看，現在要警戒的公會不只是【聖劍集結】和【炎帝之國】了。這之前的強力公會，都是很早就拿到特殊裝備或是效益巨大的組合技能。隨著時間流逝，其他公會逐漸追上這些優勢，開始改變兩大公會爭強的局面。

「妳們應該也想知道我們的技能吧，而我們也想看看妳們的變化。」

莎莉也從莉莉的表情看出了她的意圖。她是想知道梅普露和莎莉這【大楓樹】的兩大首席是不是仍然值得警戒。

同時也感到她會比薇爾貝更正確地從自己的行動中推測出還藏有那些技能，半吊子的掩飾是沒用的。

「莎莉，妳說呢？」

「沒什麼不好吧。實際了解威爾巴特的弓有多強，以後才方便擬訂戰術嘛。」

莎莉不只十分了解自己的技能，對梅普露的技能也有十足把握，所以認為使用莉莉他們多半已經知道的技能也沒什麼影響。雖然當他們的面戰鬥，可能會透露動作習慣等資訊，但只要藏好絕招層級的技能即可扭轉戰況。

再來就是像莉莉說的那樣，只要用的是展示以後也肯定會贏，讓對方無計可施的技能就沒什麼不同。

「那梅普露，妳照平常那樣打就行了。」

「知道了！我會加油的！」

支撐梅普露戰鬥能力的核心技能，從第四次活動以來就沒有多大變動。獲得幾樣新技能，固然會讓能做的事情變多，基本上還是用【獻身慈愛】保護同伴，用召喚或遠程類型的技能攻擊。

即使在至今的活動中備受矚目，只要像平常那樣戰鬥，也只是將那些時候的技能拿到他們眼前展示而已。

「那我們該去哪好呢。這附近的話……」

「威爾，就去那邊吧。那邊不是怪物多，還有弱點能打嗎？雖然比薇爾貝帶我們去的競技場難，但構造差不多。來，讓我們看看妳們有什麼招式吧。」

梅普露和莎莉也同意去莉莉提出的地點，四人便動身前往這附近的地城。

路上暢通無阻，很快就來到通往地城的魔法陣前。

那是綠意盎然的森林中綠意更為濃烈的地方，藤蔓爬滿圍繞魔法陣的樹木，彷彿在吸收它們的能量。

四人為攻略地城組成一隊，只要踏進魔法陣就能進入地城。

「看起來是有點危險，但沒什麼好緊張的，上去吧。」

「嗯。莎莉，我們走。」

「好好好。」

梅普露踩上去後光輝籠罩四人，傳送到地城內部。裡面是牆和地面都以木頭構成的空間。

「這裡的怪物怕火，可是用火的話會因為地城特性的關係而遭受負面效果。」

內容一口氣包含能力值降低、攻擊力降低、受傷放大等常見效果。所幸兩人不刻意使用火焰攻擊也能戰鬥，在這地城打得下去。

「要注意的就是朧的技能吧。我想妳應該沒問題。」

「嗯，我會注意不用火的！」

「那事情就簡單了。秀個幾招給我們看看吧。」

「看我的！」

接下來的路程將由梅普露和莎莉負責戰鬥，直到告一段落。莉莉他們會在【獻身慈愛】的保護下觀察戰況。

走了一會兒，地面出現來時那種魔法陣，三個全身以木頭構成的人形怪物從中現身。它們特徵各異，一個雙臂粗大，另兩個各持木弓木劍。

「梅普露，單純一點喔！」

「【全武裝啟動】【開始攻擊】！」

眼前有三個敵人，這裡又是通道中間，該做的只有一件事。梅普露造出兵器，全部指向怪物開始掃射。

純粹是小嘍囉的三個怪物沐浴在槍林彈雨中，很快就爆散了。

「漂亮喔，梅普露！」

「包在我身上！」

兩人此後的攻勢同樣是銳不可當，怪物怎麼也無法穿越覆蓋整條通道的彈幕。莉莉和威爾巴特站在後方注視戰況，看是否名不虛傳。

「怎麼樣，威爾？」

「的確是很強，可是每一發子彈的威力似乎並不高。」

「事實也是這樣沒錯。威爾，我相信你可以攻擊這個弱點。」

「是啊……但也得看地形就是了。」

實地親臨很重要，因為看起來氣派的招式不一定威力就大。威爾巴特的箭射速不輸梅普露的槍，而且威力還更高。只要不是毫無防備地正面對射，高威力的箭一定有發揮的空間。

「不過這樣看起來，一時也想不到該怎麼解決。第一次見的人應該會嚇死吧。」

對話當中，梅普露同樣是快速掃蕩小怪步步前進。對於啟動武器，阻擋通道先行開火的梅普露，怪物毫無招架之力，只能悽慘地一個個淪為槍下亡魂。

前進一段時間後，他們終於離開狹窄的木製通道，來到開闊的大房間。

牆壁的感覺和先前一樣，只有地面變得有如糖漿的花園技能，開滿各色玫瑰，荊棘密布。

見到這個更寬更亮，樣貌迥異的空間，就連梅普露也看出有事要發生。

「好像有強怪要來了耶？」

「答對了！來嘍！」

地上的荊棘逐漸變粗，在房中央糾纏起來，開出一朵特別大的紅玫瑰。它彷彿具有意識，操縱兩旁荊棘揮舞如鞭。

「到一段落了，這裡打完就換手。妳們打得贏吧？」

「我、我會加油的！」

「梅普露，防禦交給妳嘍。既然都知道這裡的特殊機制了，應該沒問題才對。」

雖然這怪物一副讓人想用火焰攻擊的樣子，但她們都知道這裡不能那樣做，不會中陷阱。戰鬥在莎莉起跑的瞬間開始。

「【流滲的混沌】【開始攻擊】！」

梅普露放出的怪物命中盛開於房中央的巨大玫瑰，接著是槍彈的追擊。

同時慢慢前進，將巨大玫瑰納入【獻身慈愛】的範圍。為必須上前攻擊的莎莉確保安全後，再來只需要在後方射擊就好。

而莎莉即使在梅普露保護下，也仍小心躲開穿透攻擊以免梅普露受傷，謹慎地逼近玫瑰。

「呼……！」

從莎莉前方掃來的荊棘鞭共有四條，左右各二。莎莉將角度各自不同的荊棘鞭引導到最後再一口氣越過。一條、兩條，讓旁觀的莉莉他們了解她不是因為有梅普露的【獻身慈愛】才能面對這個魔王。

「哇。」

「原來如此……」

就像薇爾貝她們一樣，親眼目睹的感覺完全不同。

「怎麼樣，威爾，射得中嗎？」

「單純速度快的箭應該射不中吧。而且……」

威爾巴特看著梅普露在後方被一條條荊棘纏住也若無其事的樣子，不禁苦笑。

「單純高傷害的箭對那一位也沒有意義。」

「跟傳聞一樣呢。」

兩人再往莎莉看，見到她完美閃過從四條增為六條的荊棘鞭並回敬傷害。鑽出地面，仍糾纏著梅普露的荊棘根本抓不住她。由此可見，不夠完備的範圍攻擊是逮不到她的。

只是莎莉都沒用技能攻擊，ＨＰ削減得很慢。

若是一般玩家，如此驚險地迴避久了之後難免會沉不住氣，想要一舉定江山。像她這樣理所當然地長時間持續走鋼索般的閃躲，表示她早已將這樣的動作當作普通的戰鬥方式。

「梅普露！一口氣上嘍！」

「嗯！」

梅普露自爆武器炸開周圍荊棘，直接突襲玫瑰。

「【獵食者】！」

並抓緊黑盾，兩旁帶著蛇怪往玫瑰直線墜落。

「喝啊！」

能吞噬一切的塔盾將整朵花撕扯下來，爆出不輸給花本身的紅色傷害特效。【獵食者】與荊棘互相抵銷，沒有支撐的梅普露直接摔在花後方的地面滾到一旁。

「好吧，看起來不是穿透攻擊，不過還是小心一點好！【五連斬】！」

每手五連擊，再因【追刃】效果添上五連擊。如此誰都能學會的匕首技能在經過被動技能強化而達到二十連擊的效果後，也能成為強大的絕招。莎莉在玫瑰遭到梅普露重創而退卻時進行追擊，這個用到今天依然有效的黃金組合技將花莖砍成細條，玫瑰怪物啪唧一聲化為光而消失。

「辛苦啦，梅普露。還好嗎？」

「嗯！雖然都是刺，但幸好沒有穿透傷害。」

「就是說啊，其實可以不用打得那麼保守。」

莎莉伸手拉起地上的梅普露，拍拍她鎧甲上的塵埃時，其餘兩人走了過來。

「太厲害了。親眼見識妳的打法以後，還是覺得很難相信。這讓我確實感受到，妳們的強悍真的是源自基礎能力。」

梅普露超乎常軌的防禦力，使她的射擊可以當作完全固定砲台來用，準度容易提升。可以略過到處躲避對手攻擊這一步驟專心瞄準，就是一種優勢。莎莉建立於迴避力的反擊，是她所有攻擊的主軸。莉莉說得沒錯，她們的技能和戰法都受到基礎能力的強烈影響。

「再來換妳們看我們怎麼打吧。對了……資訊要給得跟妳們一樣多才行。」

「想全部看一遍，我們就要先亮牌的意思是吧？」

「是啊，就是那樣。我隨時歡迎喔。」

莉莉還是跟出發前一樣，認為即使全部展示了也沒有問題。若假設對方真的是在那種狀況下也能贏，那麼思考如何對付也沒用，且主動展示己方技能只會變得更不利。

這麼想之後，莎莉做出盡量看盡量記的結論。她也和莉莉一樣善於觀察，可以從氛圍推測對方掩藏的技能。

以弱點明確的梅普露和自己來說，就算無法明確推知是什麼技能，也能猜到大概是怎麼樣的技能。

「總之就照說好的那樣，接下來換我們走前面。要仔細看清楚喔。」

「好！」

「……呵呵。啊，沒事，別在意。」

見到梅普露關注的不是這場交涉，而是純粹對他們會怎麼打感興趣的樣子，莉莉有點訝異地帶著威爾巴特向前走，並小聲地說：

「她們還有爆發力，配合得很好呢。」

「就是啊。而且梅普露的【獻身慈愛】實在很強，從以前的影片來看，可以一次保護全部隊友，範圍又很大。」

「嗯，全公會出擊就是最大戰力了吧。到時候對上他們的話……我會比較在意莎莉那邊。」

「因為迴避力嗎？」

「是啊。比如說現在，你對我射箭的話會怎麼樣？」

威爾巴特不懂她為何這麼問，但仍先回答：「會彈開，沒有任何作用。」命中隊友的攻擊，會在擊中的同時失去作用，所以對威爾巴特這樣的遠程攻擊手而言，站位很重要。

「沒錯。看了以後，我覺得梅普露的準頭算不上好，而且怪物之前還有莎莉這個障礙在。那麼她為什麼還能順利打出傷害呢？」

「難道她連會打中怪物的子彈……不，不太可能有這種事吧？」

「天曉得，我就算背後有長眼睛也閃不過。總而言之，她連隊友從背後射來的子彈也一起躲掉了，而且那還是亂七八糟的彈幕呢。當然，這也是要看狀況啦……你懂吧？」

聽莉莉這麼說，威爾巴特稍稍點頭。

「好，就先別用那個技能吧。」

「而且有梅普露在，很困難。想不到在她旁邊就能看得這麼清楚……不過狙擊和速射是我們的強項，就射給她看吧。」

「好……就這麼辦。」

莉莉就這麼感謝著薇爾貝的介紹，將接下來的戰鬥視為其次，心思放在該怎麼戰勝她們上。

◆□◆□◆□◆□◆

梅普露和莎莉擊敗玫瑰怪物後依約走在後頭，觀看莉莉他們的戰鬥。不過木頭人這種小怪，都被威爾巴特一箭就射成碎片。

「想不到會在別人身上有這種根本不是戰鬥的感覺……」

「真的全都是一箭斃命耶！一箭都沒有漏掉過……」

「移動速度比梅普露快很多，而且弓類技能大部分要ＤＥＸ夠高才拿得到，不太可能是全點攻擊。」

與遠觀時的不同點，目前就只有莉莉不曾使用任何技能。眼前出現的新怪物，全都是靠威爾巴特不用技能就擊倒，沒有新資訊可言。

「嗯，所以是被動技能嗎……」

莉莉曾明言自己的女僕裝是稀有裝備。儘管真假無從分辨，至少用槍的她選擇了那樣的裝備，而不是一般武器防具，一定有她的原因。

「無所謂，我們就等剛才的玫瑰怪物那樣比較強的怪物出來吧。」

小怪真的都是小怪，想探尋【Rapid Fire】那兩人強大的祕密，需要一個能讓他們拿出技能來戰鬥的對手。莉莉就這麼轉呀轉地耍著拖把玩，靠威爾巴特打倒所有怪物，

再度來到大房間。

「威爾，這裡是出什麼？」

「香菇，有點麻煩。」

「那我也幫點忙吧。反正都約好了，而且我也想找點事來做。」

「那真是太好了。」

如此對話的兩人面前的地面噴出孢子塵，房中央長出巨大蕈菇，接著周圍也有無數蕈菇不停冒出來，有意識似的往兩人前進。

「【王佐之才】【戰術指南】【理外之力】。嗯……啊，【賢王的指揮】！好，應該夠了。」

「【拉滿弓】【全神一射】。」

威爾巴特的弓發出紅光，拉到極限的弓弦以眼所不及的速度放箭，射穿其軌道上的所有蕈菇，還在延長線上的大菇中央開了個洞。然而那似乎不足以擊倒它，即使迸出大量傷害特效也剩下了些許ＨＰ。隨後ＨＰ恢復三成左右，往四周散布大量孢子，長出遠高於數十個的蕈菇。

「怪了？記得以前這樣就打死啦？」

「三成還好吧。」

「那我再幫你一下吧。【以身為糧】【忠告】。」

菇群一邊散布看起來頗具毒性的彩色孢子一邊接近時，莉莉又發動技能，但沒有任何可見的影響。

「好，那我開始了。【擴大範圍】【箭雨】。」

這次威爾巴特朝上放箭，蕈菇的位置果真下起箭雨。【擴大範圍】使得箭雨毫無空隙地不停刺穿蕈菇，大菇也不例外，還沒有其他行動就被威爾巴特輕易擊殺。

「不錯喔，打得很痛快。」

「第一箭傷害再大點就好了……」

「哈哈哈……別這麼說嘛。」

莉莉笑著打馬虎眼，往梅普露她們轉身尋求感想。

「好厲害喔！原來弓這麼強啊……」

「是威爾跟別人不一樣。」

「……第一箭，多半莉莉是看對象替他上了威力翻倍的被動技能。」

「喔……」

這是她們第一次看到威爾巴特對同一目標射兩箭。威爾巴特經過很多莎莉所不知的技能強化，不過她知道【箭雨】。那是弓的基本技能，由於是廣域攻擊，傷害不高。

可是兩次攻擊相比，可以看出威力驟降很多。從【箭雨】本身威力也經過莉莉強化來看，顯然是缺少了某些重大強化。

「幾乎都說中了！真厲害。」

「應該……不是唬我吧。」

「我說過啦，被妳們知道也無所謂。」

「這、這樣啊。」

「是啊。對了，給妳個獎品，魔王也由我們來打吧。」

「咦，可以嗎！」

打魔王說不定又能看他們展示更多技能，沒有理由拒絕。

「啊，對了。那路上可以給妳們打嗎？接下來路線開始有分歧，只要選對了，就能避開這種大房間。」

「是喔……這個嘛……」

這提議讓莎莉覺得很不可思議，但最後還是接受了。兩人又走在前頭，威爾巴特和莉莉在後方幾步距離處對話。

「莉莉，這樣好嗎？」

「我不是說了嗎，我想找事情來做。」

「好……我知道了。」

「再說，打一般怪物也套不出更多資訊。梅普露都不會亂用新技能，而莎莉就更別說了。」

到打魔王之前，都沒有事情好做吧。莉莉除了不時告知她們正確路線外，就只是耍弄她的拖把。

最後四人不費吹灰之力就來到魔王房前。

即使不能像威爾巴特那樣一擊必殺，梅普露和莎莉也能穩穩地料理小怪。路上只要有梅普露在，沒有穿透攻擊的怪物是連萬分之一的機會都沒有。

「說好了，魔王由我和威爾來打。」

「好！請加油喔！有事隨時能叫我們上場……」

「哈哈，放心吧。比起擔心這個，我奉勸妳睜大眼睛仔細看好了。」

「……？」

不懂那是什麼意思的梅普露姑且先用力點個頭，跟隨他們進入魔王房。

房間最深處有個蓋滿翠綠枝葉的祠堂，祠堂前有個小孩身高的人偶，穿著樹葉拼湊成的衣服，手杖頭開了朵花。一眼就能看出是路上那些人偶或植物的首領，以精靈或樹靈為概念雕塑而成。

「啊！之前我也跟那種怪物打過！」

「……妳是說叢林裡的那個嗎？外觀有點不一樣。」

如果攻擊方式類似，那應該會以強制換裝等干擾為主。

可是對方很快就證明它只是外觀類似而已。它起手就在兩側召喚出梅普露她們打倒的玫瑰怪，地上還出現好幾個魔法陣，召喚出一個又一個木頭人。

「嗯，不管來幾次都覺得是很好的對手。」

「好了，莉莉。打過來嘍。」

但威爾見到怪物群進攻竟是放下了弓，和莉莉一起喊出梅普露也知道的技能。

「「快速換裝！」」

同時兩人搖身一變，威爾巴特彷彿和莉莉角色對調似的換上執事服，莉莉則換上裝飾絢爛的鎧甲，拖把也變成大面徽旗。

「【廢鐵座椅】。」

莉莉宣告技能後，只見無數看似毀損的機械如【天王寶座】般在她背後聚成高背椅的形狀，稍微離地懸浮。莉莉翻身坐上去，注視持續召喚手下的魔王。

「【空殼軍團】【玩具兵】【沙群】【賢王的指揮】。」

不輸魔王陣仗的機械兵隨莉莉的聲音出現，梅普露和莎莉一眼就認出那是來自哪個階層。而且他們還自備槍砲，只是沒梅普露那麼先進，要以量彌補質的不足。

至於威爾巴特這邊，則是以才剛聽過的技能予以支援。

「【王佐之才】【戰術指南】【理外之力】。」

「哇哇！」

「角色對調……而且水準很高呢。」

莎莉將如何辦到擺一邊，先整理眼前現狀。威爾巴特不拿弓了，改用飛刀，但沒有先前的威力，反而是莉莉威脅性暴升。莉莉連續不斷地召喚機械兵發動射擊攻勢，還併用幾種召喚技能，且全部都經過強化，具有強大的壓制力。召喚出來的士兵看起來不難打倒，但補充速度很快，魔王召喚的怪物節節敗退。

威爾巴特和莉莉一個有壓倒性的質，一個有壓倒性的量，並且不時切換，一人攻擊時另一人就負責灑強化效果。

「呼……需要考慮怎麼處理的事堆積如山呢。」

「嗯，我也會用力想的！」

「謝啦！」

「我好歹也是公會會長呢。」

「呵呵，也對。」

兩人看著眼前的軍團對抗，切身感受到又有一對強敵出現了。

和莉莉跟威爾巴特一起打地城後過了幾天，梅普露獨自在第四階的永夜之城漫步。她照例和他們互加好友，此後沒有再見過面。打完魔王也是就地解散，沒說到幾句話。

「下個活動啊……」

莉莉他們最後就是用那些召喚技能痛宰了魔王。

既然見過人家的招式，就應該好好思考怎麼應對。於是莎莉根據手上資料和目前能用的手段研究對策，以備尚未公布的下一次活動。既然肯定會派上用場，自然是愈早準備愈好。

「大家都好厲害喔……嗯～兩個人的話就是跟莎莉配吧。」

最近認識的薇爾貝和莉莉這兩組，都發揮出加乘作用的戰鬥能力。若以個人論，梅普露和莎莉或許不輸給他們任何一個，但若沒有那樣的加乘作用，恐怕很難戰勝他們。

「要仔細看看銀幣技能裡有沒有好東西才行！」

梅普露本身並不是無論如何都要贏過別人的人，但一旦要做就會全力以赴，不會輕易認輸。

不過她也沒有把時間全投注在如何贏過其他玩家，今天她便來到第四階新開的貓咪咖啡廳玩。

「不錯的話就找莎莉一起來吧！」

一打開店門，就見到裡頭有個藍衣藍髮的少女和好幾隻貓玩在一起。

「「啊……」」

梅普露和藍髮少女——變裝的蜜伊對上眼睛就傻住了。

梅普露進入店內，確定周圍沒有其他玩家才問：

「妳也來玩啦？」

「嗯，新開的嘛。沒想到妳也會在這個時候來。」

碰巧遇上的兩人邊玩貓邊聊最近的事。

「【Rapid Fire】跟【thunder storm】啊……我們公會也在說要注意他們。」

「後來啊，我有跟這兩個公會的正副會長見過面，都很強喔！」

「他們都是會長有辦法獨力突破包圍的人呢，以後活動都能衝上前幾名吧。」

最近沒有以PVP為主且需要爭取名次的活動，一旦開始舉辦，他們應該會全力展示戰力。

「嗯，他們真的很強，我也覺得都衝得上去。」

「……梅普露，妳對這種事都不太執著的樣子耶。」

「咦？嗯……重點還是好不好玩啦。」

「呵呵呵，真是的，這樣的話第四次活動何必來打我們咧。」

「啊，因為那時候我答應大家要擠進前十名嘛！」

梅普露也發現自己剛說的話和做過的事似乎有所矛盾而歪起頭，但很快就發現了答案。因為周圍的人開心，她自己也會開心，所以那時才為了想上前十名的公會成員們那麼努力。

「跟大家一起打很好玩喔！」

「真好～有活動就全力拚活動啊。也是啦，那就像某種節日一樣。」

話雖如此，蜜伊身為【炎帝之國】的會長，可不能甘願屈居於梅普露之下。成員們都在等待取回榮耀的機會。

「下次不會那麼慘嘍！一定要反過來打贏你們！」

「請、請手下留情喔……」

「那可不行。」

「唔，那我也要用新拿到的技能跟妳打！」

「咦！妳、妳又找到什麼啦？」

「我跟莎莉約好不能說了，可是……嗯！我有找到怪東西！」

「哈哈……請、請手下留情。」

「呵呵，恐怕不行喔！」

「啊哈哈……我也不能輸給妳喔。」

「我跟蜜伊是競爭對手嘛。現在又多了莉莉他們跟薇爾貝她們。」

「想組隊隨時能找我喔。有我在，妳也練得很輕鬆吧？」

「嗯！有機會再一起打吧！」

兩人繼續玩貓聊天。

「啊，對了。薇爾貝也像妳一樣會演戲耶。」

「咦？是喔？我只有聽說過她的戰法，沒有直接對話過。」

「不過她原因跟妳不一樣就是了……」

「也、也是啦……沒人會像我這樣吧……」

薇爾貝和把自己逼到無路可退的蜜伊不同，讓人知道她在演戲也沒問題。

「剛遇見她的時候給人很淑女的感覺……可是全力戰鬥以後完全不一樣，把我嚇了一跳呢！」

聽梅普露說出薇爾貝和她第一次組隊時演戲的理由，蜜伊嗯嗯點頭。

「原來是這樣啊～其實我也懂啦。就是，人會受到裝備影響嘛。如果我當初拿到的不是現在這些裝備或技能，應該就不是現在這樣了。我很喜歡現在這個組合喔……」

【炎帝】技能與能夠搭配的裝備，可說是決定了蜜伊日後的發展。既然這款遊戲不是看著螢幕裡的角色在打鬥，而是需要自己實際去動作，如此一來裝備和技能就會造成很大的影響。

「就算妳不會去演戲配合，但有的時候也會覺得某件裝備比較好吧？」

「好像真的有喔！」

梅普露也經常視技能挑選外觀匹配的裝備，或換穿符合目的地氣氛的衣服。演戲或許就在這種行為的延長線上。

「反正這裡是虛擬空間，演演戲也沒關係啦。只是演得太過頭時……會後悔喔……嗚嗚。」

像蜜伊這種狀況，恐怕是不會有公布真相的一天了，所以顯得有點羨慕薇爾貝。

「想認識薇爾貝嗎？我可以幫妳介紹喔！」

「嗯，有點想。照妳那樣說，她像是一個活潑有趣的人。」

「那我去問問她喔！」

梅普露和蜜伊輪流報告近況，話題怎麼也聊不完。

這時【公會基地】中，莎莉正在思考最近遇見的那兩個公會。

「嗯……」

怎麼做才能穩贏呢。根據手上資訊設想，導出的結論全都是「不利」。

「至少對我一個很艱難……如果梅普露在我旁邊……」

一樣有很多不確定因素，多得是翻船的可能。薇爾貝都說自己還有絕招了，莉莉他們那邊也是深不見底。莎莉苦思無果時，一張熟面孔開門進來。

「呃……啊，莎莉在這裡～」

「……妳已經把這裡當自己公會啦，芙蕾德麗卡。今天什麼事？」

「就是平常那件事啊～妳怎麼啦～」

莎莉看著芙蕾德麗卡今天又來找她決鬥而迫不及待地要法杖的樣子，忽然想起一件事。

「嗯～對了，妳故且算是負責蒐集情報的吧？」

「不只是姑且喔～？」

「……就是，會帶假情報回去的樣子。」

「那、那種事只有妳辦得到啦～」

「隨便啦。妳知道【Rapid Fire】跟【thunder storm】嗎？之前因為一些緣故，我跟他們組過隊。」

「等妳贏了我再告訴妳～」

「連敗的人還有臉講這種話……好哇，打就打。」

「好好好～今天一定贏～」

於是兩人換地方決鬥去也。

幾分鐘後。

芙蕾德麗卡臭著臉回來，一頭趴到沙發上猛甩腳丫。

「看妳今天心不在焉的樣子，還以為一定行的說～」

「開戰以後就回魂啦。」

「唔～機器人～」

「好好好，請履行承諾。」

「好喔～這樣就扯平了吧～？」

說完芙蕾德麗卡查看筆記，將所知告訴莎莉。

「我要先提醒妳，不是每個都確認過喔～那先從【thunder storm】開始。雛田的負面效果幾乎是妨礙移動跟攻擊的～但有些限制，能連續進攻就能取得優勢吧～」

然而連續進攻需要解除負面效果或讓她撲空，說起來容易做起來難，純粹是一種假設。

「說得真肯定。」

「還好啦～不過薇爾貝就一直在打雷～威力還會愈來愈強，戰鬥拖久也不怕。她之前基本上都在第五階，可是前不久改泡第六階了～說不定是有什麼新發現喔～薇爾貝還會放閃電雨，妳要小心喔？」

「放心，那我閃過了。」

「……連雨都能閃，妳會不會太扯？」

「我的迴避也比以前厲害嘍。」

「恐怕沒人比我體會得更深切了……好了，再來。」

芙蕾德麗卡切換筆記頁面，說出【Rapid Fire】的資訊。

「妳應該也知道威爾巴特的箭百發百中，我就省略了～雖然沒有根據，直接當他不會射偏比較快。莉莉的國王模式比女僕模式還要麻煩喔～一次能叫的數量好像有限，但好像只有上限而已。」

如果士兵毀壞了就能盡數補充，那麼莉莉的召喚實質上等同無限。但是比起這種數量優勢，莎莉比較在意威爾巴特。

「百發百中啊……這個嘛，應該有技能能擋吧。」

對於莎莉而言，這種能力簡直是剋星。反倒該慶幸自己目前還沒遇過這種稀有人種才對。

「是啊是啊，在我發現之前不要中箭喔。第一個打倒妳的一定是我～」

「啊，已經有別人預約了，不行喔。不過還是謝謝妳，妳還是有盡到情報員的責任嘛。」

「……我就只有失誤那一次啦～真的。」

想起以前被莎莉灌輸假情報，讓芙蕾德麗卡覺得很丟臉，回說：「再笑我的話，我以後也會報假的給妳聽。」

「我會抓出來的啦。」

「唔呃～好像真的抓得出來，吐血耶～然後最後一個情報，目前還沒有人看過他們的魔寵喔～」

「知道了，謝謝。妳真的有在蒐集情報，真的讓我好意外喔。」

「……我要把妳拖到第六階去喔～」

「對、對不起啦。」

和莎莉互開玩笑的芙蕾德麗卡每當鬥志恢復就繼續找莎莉決鬥，可是結果都是一樣。

很快地，梅普露和莉莉他們見面後沒幾天，第九次活動的內容和時程終於公布了。

125無名長槍手
完全合作型活動啊？

126無名弓箭手
還有一小段時間。
看來跟上次不同，完全沒有ＰＶＰ成分。

127無名巨劍手
所以怪物會特別強吧。
玩家都要合作了。

128無名塔盾手
沒ＰＶＰ的話就可以輕鬆打了。
但氣氛緊張一點也不壞啦。

１２９無名弓箭手

話說公告幾乎沒說到什麼耶，

只知道重點在探索，會影響到第八階這樣。

１３０無名長槍手

我猜是第四階的通行證那樣。

１３１無名巨劍手

那真的是有影響。

既然是合作型，那就是會視成果給每個人獎勵吧。

１３２無名塔盾手

看來是沒有時間加速的樣子，如果戰力不夠可以找時間適度強化了。

１３３無名魔法師

強化戰力啊……不好意思，我大概要強起來了。

134無名長槍手
怎麼說？

135無名魔法師
我看到一個不曉得是魔寵還是稀有事件的東西。在一個沒什麼人會去的谷底，有一隻白色的怪物。
看起來像是穿了某種鎧甲，不是甲殼，外觀上顯然有一種很狂的霸氣。

136無名巨劍手
喔喔～真假？沒聽說過耶。

137無名塔盾手
好好喔，感覺像聖獸或守護獸那種。

138無名弓箭手
要被你領先一步了。

１３９無名魔法師
可惜當時我沒準備好，牠一看到我就跑掉了。
我這幾天都要過去看看。

１４０無名長槍手
加油喔～

１４１無名巨劍手
打贏了就是戰力強化，甚至梅普露級吧！

１４２無名魔法師
對呀！能追到就好了，我再找找看。

# 第十章　防禦特化與天空之上

這時，討論區所提到的谷底那隻白色巨獸正在到處蹂躪怪物。看起來似乎沒有攻擊能力，即使嘴裡咬一隻，前腳抓一隻，用爪子和牙齒猛抓猛咬，但一點傷害也沒有。

這麼做當然會引來怪物的反擊，嘴裡的哥布林拿槍刺巨獸的臉，但是只對那鎧甲般的外殼造成些許傷害。而每次戳刺都讓地上浮現出光輝構成的劍，傷害愈戳愈少。然而哥布林仍不放棄，用那一點點的傷害頑強抵抗，最後身體開始迸出傷害特效。隨光劍增加，巨獸的能力值也提升到足以傷害哥布林。

面對逐漸逼近的死亡，只有單純攻擊的哥布林拿這個愈抵抗愈強的巨獸一點辦法也沒有，最後啪唧一聲爆散，巨獸滿意地嗯嗯點頭。

「好！多做點實驗！」

說完，白色巨獸的真身梅普露喜孜孜地找起下個怪物。

梅普露為了熟練【反轉重生】提供的新身體【上天的守護獸】，在深山裡跑來跑去。有硬質外殼所保護的白色軀體印象和【暴虐】截然不同，有神聖的感覺。其他不同點還有只剩兩隻手，不會吐火，變身時也不會提升【ＳＴＲ】。

巨獸受到梅普露原來的數值影響，起初完全打不出傷害，但擁有強大的支援能力，對同伴而言就是個有幫助的擺設。

「每次受傷，減傷力場就會增強……並提升力場內隊友的能力值。嗯嗯，原來如此。」

因為說明文說「每次受傷」，所以梅普露到這裡給會使出穿透攻擊的長槍哥布林戳戳看，測試效果。

每當【暴虐】也有的額外ＨＰ受傷削減，就有一把光劍刺在周圍地面，減少受傷。提升能力值的部分，由於梅普露原本的數值實在太低，需要一段時間才能造成傷害。

「只有持續五分鐘好可惜喔，如果可以真的拿到就好了！」

與【暴虐】成對的技能很可能還藏在遊戲世界某個角落。至少目前只有黑色怪物到處跑的傳聞，還沒有類似的白色怪物傳聞。假如有辦法拿到就一定要趕快取得，練到隨時能用。

用這個外強中乾的軀體練習移動一會兒後，五分鐘很快就到，梅普露恢復原樣。

「好快就沒了。嗯，【暴虐】比較方便呢。」

這時她收到遊戲公告，內容當然是關於第九次活動。

「這次是一起合作啊……有另外一個活動場地，沒有時間加速，所以是像叢林那樣

吧。」

或許要達成某些條件才能進入活動場地，細節只能等下一次公告說明了。

「不過還是不錯啦～合作的我在行！」

梅普露結束新變身的練習後，決定先回到城裡。

她一回城就找上莎莉，兩人馬上聊起第九次活動的事。

「新活動再過一陣子就要上了耶。」

「嗯，這次是一起合作喔！」

「真是太好了。我還沒想好ＰＶＰ怎麼打呢。」

而且活動之後還會有第八階地區上線，中間這個悠哉的休養期就快結束了。

「又要開始忙了！」

「要在那之前找地方痛快玩一下嗎？」

「嗯～我也是這樣想，所以到第七階找星空主題的觀光景點……結果跟想像中很不一樣。」

根據很有機會的資訊得到的又是怪異技能，跟她要找的東西完全無關。

「那我有一個好消息要告訴妳。」

「什麼什麼～！快告訴我！」

「我找到第七階的提示了。」

「真的？嗚嗚～還以為這次會是我先找到……結果還是失敗了～」

「可是第七階的不只是單純的觀光而已喔。」

「像浮游城那樣？」

「沒錯沒錯，就只是能順便看美景那樣。所以應該會有很強的怪物吧。」

莎莉認為至少會比薇爾貝和莉莉帶她們去的地方還難。

「好像會很累……可是很適合替這段假期畫下句點的樣子！」

「對呀。這次沒有白天晚上的差別，隨時可以去喔。」

「那就馬上出發！」

「好，說定嘍。然後因為我知道妳一定會這樣說，所以準備了一個東西，先回公會基地一下吧。」

「……？嗯，知道了！」

梅普露立刻跟隨莎莉前往【公會基地】。

這時，伊茲正在基地裡利用各種工具做東西。

也許是因為活動公告，全體成員都聚在基地裡談論近況。

「下個活動又要來了。我的魔寵變強很多，準備好開打了。」

「我的也升了很多級，可是目前活動的細節還不明瞭，怪物應該會很強吧……」

克羅姆和霞是【大楓樹】中等級最高的兩個，但等級高只是多點籌碼，能不能贏還很難說。

「合作型活動也分很多種，如果能八個一起進場應該是不會輸啦……」

奏邊說邊挪動棋盤上的棋。

「啊！」

「呃……」

「這次又是我贏了。」

「「唔唔……」」

和奏對弈的結衣和麻衣肩膀一垂，但立刻要求再戰，奏爽快答應。

「話說梅普露和莎莉今天還沒來啊？」

「她們差不多快來了吧。莎莉有拜託我做東西。」

完工的伊茲從後頭走出來，回答克羅姆。

「莎莉啊，真難得……啊，說人人到。」

梅普露和莎莉正好在對話途中一起開門進來。

「莎莉，妳要的東西我做好嘍。」

「謝謝伊茲姊。」

伊茲操作道具欄，將東西交給莎莉。

「妳們等會兒要出去嗎？」

「我跟莎莉要在活動前作最後一次觀光！」

「不錯嘛，玩得開心點喔。啊，能帶點伴手禮回來就更好了。」

「嗯，沒問題！」

「順便帶點好玩的技能回來也行喔。」

「哈哈哈……好像已經找到了……」

知道梅普露有何技能的莎莉眼神變得虛無，克羅姆也因為自己碰巧知道至少一個而有同樣眼神。

「是啊，就是那個墮天使嘛……」

「好像還有其他的，等活動細節出來以後，再一起拿來訂戰略吧。」

「好，說得也是。」

「那我們走嘍～！」

目送對大夥揮手告別的梅普露和莎莉出門後，奏以及結衣和麻衣繼續對弈，克羅姆的話讓伊茲和霞發問：

「墮天使？那什麼？」

「呃，梅普露最近都在野外亂跑，我也不是直接看到啦……就是有人看到【獻身慈愛】變成黑色版……」

「……那個人一定都嚇傻了吧。」

「是啊，只是還不曉得那是什麼就是了。應該不弱吧。」

「就算能力不好，也能達到恫嚇作用吧。所謂君子不履險地嘛。」

雖不知她是在哪裡找到了什麼樣的技能，但公會會長變強是人人都樂見的事。

「啊，我說霞啊，有件事想問一下。」

「我嗎。」

「對。妳的小白是在山谷底下找到的嘛，那時候有看過像是穿鎧甲的白色怪物嗎？」

「……沒有喔，從來沒看過那種感覺的怪物。稀有怪嗎？」

「連妳都沒看過，大概很稀有吧。所以真的是魔寵或稀有事件嗎？」

「嗯，有的話真想見識見識。」

還要再過一段時間，兩人才會發現怪物並不是魔寵也不是稀有事件，就只是梅普露而已。

梅普露照常和莎莉共乘一匹馬前往目的地。

「莎莉，這次是往哪裡走？」

「嗯～雪山。」

「自從高塔以後就沒去過雪山了呢。」

攻塔活動中，有一層是要在風雪當中下山，戰勝魔王。不過這趟下山，梅普露就只是靠防禦力往下跳而已。

廣大的第七層有很多的山，例如薇爾貝帶她們去的頂端是競技場的岩山，以及和蜜伊一起去的火山。

而莎莉所前往的雪山是這當中最高的山，頂端都被雲蓋住，模糊不清。

「我只有找到提示而已，到時候才會知道是不是我們要找的地方。如果全都用正常方法爬上去，一定很花時間。」

「嗯嗯。」

「所以這次要請糖漿幫個忙啦。」

「ＯＫ～！好久沒這樣了。」

「第七階有很多人會飛了，當然會有人想飛上去，問題就只是會有強力怪物來襲而已。」

用「只是」來形容強力怪物來襲是有點奇怪，但對於梅普露和莎莉而言，只要是正常怪物就全都照殺不誤。

「所以我們要一直打怪，飛到山腰上。」

「不能直接飛山頂是吧。」

「不給飛的樣子。不然就會變成戰力夠又會飛的玩家的專屬捷徑嘛。」

馬兒跑著跑著，遠方迷濛的雪山愈來愈近，讓她們感受到那究竟有多高。而且地勢險峻，看得到的部分都幾近垂直。不過莎莉說有很多時候是在雪山內部行進。

「我好像知道為什麼要飛到山腰上了……」

梅普露從山腳往山頂看，見到厚厚的雲層。高處還是烏雲罩頂，天氣很差的樣子。

「如果只是會把人吹下來，妳根本不用怕，而且把自己綁好就行了。如果我說像岩漿那樣，妳應該懂吧？」

岩漿。

那是讓目標無傷通關的梅普露破功，堪稱最強對手的地形。

「那就沒辦法了……嗯嗯。」

「所以只能飛到中間，在天氣開始變差的地方繞到後面，應該可以找到山洞。」

「ＯＫ～！那就Let's go！」

莎莉上龜後，梅普露開始讓糖漿慢慢浮起。

藉【念力】抬升糖漿的途中，天上飄起並不寒冷的零星雪花。

同時莎莉說過的怪物朝她們飛來。那是全身都由冰構成的鳥，左右各三隻，高聲嘶鳴著襲來。

「我打過更厲害的冰鳥啦！【全武裝啟動】【開始攻擊】！」

梅普露一個轉身，射擊從兩側飛來的冰鳥。即使瞄得並不準確，冰鳥也無法閃避接連不斷的槍彈與光束，來不及吐冰就粉碎了。

「搞定～！」

「等等，還沒死！」

「唔咦！」

粉碎的冰鳥立刻在空中重生，捱著槍彈逼近。

「這種用火焰攻擊就對了！朧，【火童子】！」

見到莎莉身纏火焰，梅普露便收起無法有效攻擊的武器，交給她處理。

「【獻身慈愛】【嘲諷】！」

並吸引怪物，方便莎莉攻擊，發動【獻身慈愛】以防萬一。

使用【嘲諷】卻站著不攻擊，冰鳥當然是全部都圍上來。鳥群的冰翅膀啪啪啪地拍，用寒氣與冰塊攻擊梅普露每個角落。

「那、那個，會不會太多了一點……」

「沒問題！」

沉鈍的啪啪聲中傳來梅普露的生存報告後，莎莉開始一隻隻地清理。

「朧，【渡火】【妖炎】！」

莎莉讓朧佐以火焰，快速解決冰鳥。她已經很習慣從梅普露身上扒開怪物了。

「最後一隻！」

「呼咿……謝謝～」

「還有更多飛過來了耶。」

「唔唔，莎莉加油！」

「看我的！反正都只是從妳身上扒開怪物而已！」

在梅普露被鳥群圍著打的這段時間，糖漿仍慢慢地上升。

往山腰前進的路上，風雪逐漸增強，反覆處理冰鳥的兩人感到一陣特別強勁的風而蹲下。

不是錯覺，這裡的天氣明顯惡化了。

「到極限了嗎……」

「那我們開始繞嘍。」

梅普露維持糖漿的高度，改以水平方向移動，貼著山壁繞。這當中當然也有怪物來襲，為了避免撞山，莎莉先清掉她面部的怪物，仔細尋找洞口緩慢移動。

「找到了！朧，【渡火】！」

莎莉一發現洞口就借助朧的力量一口氣清光怪物，要梅普露貼近山壁。

「好，抓住我！」

「嗯！」

「【跳躍】！」

莎莉抱起梅普露跳下糖漿，在山壁突出處著地。兩側是通往內部的上坡和下坡，而她們當然是要往上走。

「謝謝喔，糖漿！」

「我們走吧。」

將糖漿收回戒指後，兩人走進洞口。牆壁和地面都包覆著散發藍光的冰，但並不滑溜，可以不必擔心滑倒自由行走。

既然周圍環境如此明確，怪物的性質也就可想而知，梅普露拿出能發火的符咒以協助攻擊。

「結冰地形的打法，我也有點習慣了！」

「只靠習慣沒法處理的地方，就用道具來彌補吧。等一下喔？」

莎莉操作道具欄，取出她請伊茲製作的道具。一項是大衣，一項是內部閃爍紅光的珠子。

「只要穿上大衣再使用那顆珠子，就可以減免大部分冰傷害，也會拿到【凍結抗性】。」

梅普露聽了就立刻使用。大衣很厚，完全是禦寒衣物。

「這樣不只有效，也比較有氣氛吧？」

「嗯！不錯喔！」

「回去以後要跟伊茲姊道謝才行。」

珠子有很多個，不怕用完。請伊茲做的不只這些，只是目前這兩樣派得上用場。

走了一段，前方有三個冰塊纏繞閃耀白光的寒氣飄過來。

兩人立刻停下來，舉起武器觀察行動。只見冰塊以藍光構成眼睛嘴巴，具有意識般逼近。

眼見它們都在【獻身慈愛】範圍內，莎莉便猛然上前，迅速斬切冰塊。【火童子】附加的火焰從匕首流入冰塊中，迸出紅色傷害特效。手感紮實的莎莉腳底使勁，要擊破剩下的冰塊，可是忽然見到剛斬落的冰塊湧現大量藍光，立刻煞車往梅普露【跳躍】。冰塊隨後在破冰聲中爆炸，尖銳碎片四射。莎莉在最後一刻發現異狀而成功閃避，沒有被碎片擊中，吐一大口氣站起來。

「沒想到會爆炸，好險好險。」

「不用擔心，繼續打！有【獻身慈愛】！」

「嗯，謝啦。既然知道會爆炸，那就沒什麼了。」

當莎莉後退時，有臉的冰塊從嘴裡吐出閃亮亮的寒氣，吹過無處可躲的狹窄通道。莎莉選擇不勉強閃躲，讓梅普露抵擋，於是梅普露要受兩份攻擊。

「怎麼樣？」

「好像什麼事也沒有……？」

「嗯。跟平常一樣，太好了！」

迅速確認結果後，莎莉再度前進。這些冰塊ＨＰ少，但處理得不好會讓一半玩家受到致命傷，定位接近陷阱。

「嘿！」

莎莉溜進剩餘兩個冰塊之間，俐落地扭身迴旋，以兩把匕首同時斬殺左右冰塊。

「然後，【超加速】！」

上次用來逃離爆炸範圍的【跳躍】還不能用，她便以加速跑出爆炸範圍。冰塊在滑回梅普露身邊的莎莉背後爆炸，白色寒氣掃過結冰的地面。

「好帥喔！特技表演的感覺！」

「是嗎？謝啦。那個爆炸還是躲掉比較保險。冰的碎片很尖，說不定有穿透傷害。」

雖然莎莉本身沒受傷，可是那樣的打法需要纖細的動作切換，於是梅普露提議尋找更輕鬆的打法。

「下次換我遠遠打看看！就算會復活，也可以讓它們停下來，到時妳再用火焰魔法攻擊怎麼樣？」

「好哇，就這麼辦。可是不要用過頭喔。」

「好～！」

知道打冰塊不成問題後，兩人繼續在結冰通道上前進。

「對了，梅普露，妳銀幣技能拿了？」

「嗯！妳有一個技能看起來很棒，所以就挑一個類似的。」

「……我的什麼技能？」

「就是【操水術】啊！我選的是感覺類似的【操地術】！」

梅普露笑咪咪地用兩手對莎莉擺出勝利手勢。

「喔喔～！的確是每種屬性都有一個呢。結果妳選這種屬性啊。」

「嗯，感覺跟糖漿很搭。」

「不錯喔，等級練高以後說不定會有好玩的技能。」

「那妳呢？」

「下次戰鬥秀給妳看好了。」

「等妳秀喔！」

再前進一段，出現在兩人面前的是冰構成的熊。那透明的藍色軀體和之前的冰塊一樣，散發著白色寒氣。

「喔，來了一個剛好的。梅普露，盾牌舉起來……對對對。」

「沒、沒問題吧？」

「嗯，我上嘍！」

梅普露不知道莎莉會怎麼做，既期待又不安地看著她奔向冰熊。當然，熊見到莎莉也衝了過來。

看莎莉衝得這麼快，讓梅普露猜想那會是什麼攻擊技能時，莎莉出招了。

「【替身術】！」

剎那間梅普露覺得眼前一花，赫然發現冰熊爪掃了過來。

「唔咦！哇……！」

那嚇得梅普露頭腦發白，但按照莎莉吩咐舉好的塔盾並不受她呆住影響，讓冰熊沒得復活就化成光被【暴食】吞噬了。梅普露喘口氣後轉過頭去，見到莎莉以計謀得逞的表情對她輕輕揮手。

「吼～！莎莉！」

「哈哈哈，抱歉抱歉。」

「嚇死我了～讓我想起妳用【幻影】那時候。」

「真的很抱歉，害妳嚇到了。這個是和隊友對調位置的技能，用得好的話在攻擊和防禦上都很有效果。」

「妳應該可以用得很好吧。」

「那就等我打出起死回生的一手吧。」

「嗯！啊，又來了。」

「哇……這裡是熊窩之類的嗎……？」

兩人對話時，通道彼端又有冰熊慢慢現身。她們來這裡不是來跟熊相親相愛的，要盡快突破。

「用【暴食】一口氣衝過去喔！」

「我同意。那打魔王就看我的了，我有火焰攻擊。」

「那我們衝啊～！」

慢慢向前衝的梅普露看起來很可愛，可是她舉在前方的卻是碰了就消失的盾。梅普露每次正面撞上去，冰就啪嘟嘟地變成了光。

一段時間後，光線在結滿藍冰的洞窟裡不斷折射，亮得讓人不禁想閉上眼睛。

「嘿！」

「【火炎彈】！」

現在梅普露大衣底下穿的是綠色洋裝，換衣服當然是為了用【靈騷】將武器中的光束砲直接當光劍一樣揮舞。

在狹窄通路上下左右瘋狂揮舞粗大光束，不時會燒中剛冒出來的怪物。怪物想重生時，莎莉只需射擊【火炎彈】就能解決。

「嘿！呀！」

「嗯～好久沒看到這招了。還是一樣扯。」

莎莉想起第二次活動時對戰假梅普露的情境。假梅普露頂多只會用用【毒龍】，不能像這樣揮灑自如，要是會用【毒龍】以外的技能還會修正路線，魔王的臉都丟光了。

「嘿！咦？」

將冰熊、冰塊，以及途中開始出現的冰精靈和雪人等橫掃再橫掃，在凍得像鏡面的通道中，閃耀的光線終於觸及熟悉的門扉。

梅普露暫時收起武器，換回原來裝備。

「打王啦？」

「嗯。【靈騷】讓整趟路比想像中輕鬆很多，打贏魔王以後就能到山頂了。要是什麼都沒有就對不起嘍？」

「到時候就帶魔王材料回去送伊茲姊。」

「嗯，就這麼做吧。」

梅普露和莎莉這就推門入內。

房裡的牆壁和地板蓋滿了更厚的冰，最裡面有個肌膚雪白通透，身穿藍衣的女子。

女子面無表情，顯然不是玩家，氛圍和路上的冰雕很類似。

兩人進房不久，地面便掃過一陣寒氣，一次冒出十幾個冰塊炸彈。

「要贏喔！」

「嗯！」

兩人就此與堪稱冰霜女王的魔王展開戰鬥。

「【嘲諷】！」

梅普露在戰鬥開始的同時用【嘲諷】吸引魔王召喚的冰塊，和莎莉一起前進。

「朧，【渡火】！」

朧的技能使火焰迅速傳播至密集的所有冰塊，冰塊同時發出藍光。

「【抵禦穿透】！」

無論爆炸力如何強勁，【獻身慈愛】使梅普露要額外負擔莎莉和朧的大量傷害，只要能排除穿透傷害就只是抓癢。

飛散的冰屑中，莎莉在梅普露的掩護下一口氣接近魔王。

在【抵禦穿透】效果期間，魔王唯有將攻擊力提升至高過梅普露的防禦力才能傷到這兩人，而她們不會放過這絕佳的時機。

「【五連斬】！」

「【衝鋒掩護】！【獵食者】！」

兩人見魔王無法突破【獻身慈愛】，一鼓作氣發動攻勢。魔王戰不必預留戰力，把強力招式全部灌下去就對了。

莎莉的連擊全都火光四射，燒傷那寒冰般的軀體。以瞬間移動趕來的梅普露砸出塔盾，並以召喚的蛇怪追擊。

很快地，魔王的身體變成透明藍冰，啪唧一聲碎個滿地。

「咦？」

「不對，這感覺是……」

莎莉感到背後有風而回頭，見到魔王在渦漩的風雪中再度成形，風雪吏化為冰礫射向她們。

「【掩護】！」

梅普露放下盾保留【暴食】，站到莎莉面前。現在有【獻身慈愛】，但【掩護】能避免最壞的狀況。只要擋在她們前方，就不會重複受到打在莎莉和朧身上的穿透攻擊。

「呼，太好了，只是風雪的樣子。」

「妳身上結冰嘍？」

梅普露這才發現身體有好幾處結起藍冰。

「……好像沒怎樣耶？」

「降低能力值吧。」

「啊，莎莉答對了！」

「疊太多還是會有危險，要看情況舉盾喔！」

莎莉說完再度上前。由於魔王在她連擊途中就和普通的冰塊對調位置，沒能造成致命傷，卻仍打出了不小的傷害。

面對快速接近的莎莉，魔王手觸地面，噴出閃亮的寒氣。

「【冰柱】！」

莎莉造出冰柱，吐絲往空中避難。

「雛田還難搞多了呢……【火炎彈】【火球術】！」

這兩招威力並不高，不過在安全範圍針對弱點進行攻擊還是能紮實削減魔王的ＨＰ。魔王不時召喚出路上見過的怪物，但全都被梅普露用【嘲諷】拉走。原本小怪累積太多而處理不及會有危險，梅普露卻是完全不處理也不會有問題。

「莎莉！這邊交給我！」

「謝啦！」

莎莉將數量優勢交給梅普露料理，用自己擅長的一對一和魔王決勝負。

「朧，【束縛結界】！」

她要從各種技能配對中試出最好的一個。

朧成功束縛魔王後，莎莉行雲流水地向前。

「【激流】！」

大量流水推動莎莉加快動作，使她維持在容易避開對方攻擊的位置，看準時機一口氣轉守為攻。

「朧，【妖炎】！【高壓水柱】【三連斬】！」

她更在【束縛結界】效果結束的同時以【高壓水柱】將魔王沖上天空，使其無法動作。莎莉當然知道這組合的強度。

「先退後吧……【火球術】！」

她用火焰攻擊彈起的魔王作結尾，拉開距離往梅普露看。梅普露害怕無謂的刺激會引來穿透攻擊而沒有出手，任憑那些冰雕、雪雕等怪物攻擊。既然ＨＰ沒掉，那就是沒問題了。

「梅普露。」

「啊，嗯！【衝鋒掩護】！」

梅普露以瞬間移動脫離怪物群，來到莎莉身邊。

如此兩人都位在魔王房中央，兩邊是魔王和大量小怪。

兩人先注意魔王動向時，背後傳來大量冰塊碎裂聲而向後瞥。只見召喚的小怪全部崩解，魔王身邊的風雪驟然增強。

「來嘍。」

「嗯！【抵禦穿透】！」

梅普露發動抵銷穿透技能以防萬一，同時白色寒氣在冰上加冰的喀喀聲中掃過整個房間。

當寒氣散去，莎莉發現腳下的光消失而看向梅普露。【獻身慈愛】已經解除，莎莉自己【劍舞】的靈氣也消失了。

為避免最糟的狀況，莎莉準備發動技能，但冰層在她出聲前布展開來，將兩人定在地上。

魔王因HP低過一定程度而切換行動模式，手拿冰劍，身纏帶冰雹的風雪衝了過來。

「還有幾秒……才會解除……？」

莎莉高速思考以什麼順序使用技能才能生存時，腳下感覺忽然消失，眼前一片黑暗。

「……！死掉了……？」

她不禁猜想這就是她開始遊戲以來從未體驗過的感覺，可是身旁熟悉的聲音告訴她猜錯了。

「啊，莎莉真的也在！太好了……」

「梅普露！呃……這是哪裡？」

「咦？地底下喔。」

「嗯……？」

「我不是有說過我學了新技能嗎！這一招是【大地的搖籃】，可以躲進地面一小段時間喔。」

「這、這樣啊？總之得救就好。」

「呵呵呵～再等著看喔。」

「……？」

梅普露就這麼在不明就裡的莎莉面前急急忙忙做起準備。

此時魔王停留在兩人消失的位置，等待她們出來。不久，像是因為梅普露技能效果結束，地面開始撼動。

同時梅普露和莎莉被大地推出來般現身。

伴隨一大堆贈品。

梅普露坐在漆黑寶座上，帶著花園、蛇怪、泥濘地面和能夠催眠敵人的花回來了。

在地下發動的設置型技能不會留在地下，全都推了出來。

簡直是靜待獵物上門的獵食動物，以強制魔王突然陷入超危險地帶的方式開始戰鬥。

「【水底的引誘】！」

梅普露在性質反轉而不再封印惡屬性技能的寶座上，對下半身陷入地面的魔王伸出五條觸手，剩餘的【暴食】立刻將莎莉沒砍完的ＨＰ完全吞噬。

戰鬥結束，梅普露將觸手、花園、寶座等全部收起，為計畫成功鬆口氣。

「我是第一次跟別人一起下去……有莎莉在就好放心喔！」

「我才是被妳救了一命呢。這個技能真是選對了，而且還有很多運用空間。」

「可是等級有點難練。要很久才能再用一次，每次都這樣下去上來就沒了。」

「所以妳時間到就要鑽一次啊。要是不挑地方用，好像會嚇到人。總之，打贏魔王了。」

「等好久了！然後呢？再來要去哪裡？」

「跟我來，應該有一條通往山頂的路。」

仔細搜索魔王房後，果真在牆上找到縫隙，穿過這裡就能到山頂的樣子。兩人一面改變姿勢一面在冰縫裡鑽來鑽去，成功登頂。

「這裡就平靜多了。」

「喔喔～！」

這裡是超越風雪的世界，近似浮游城景色的雲海之上。由於是白天，到處都是一望無際的藍天，表示這裡是第七階最高的地方。

兩人在一起站都顯得勉強的狹窄山頂上眺望遠方。

「嗯～是不是應該晚上來啊。都去過浮游城了還這樣……需要反省。」

「不過還是很漂亮喔！」

「呵呵，梅普露，我一開始不是說過白天晚上無所謂嗎？」

「……？嗯，是有說過。」

「搞錯的話就對不起嘍。不會害妳掉下去的啦。」

莎莉說完就抱起梅普露。

「咦？咦？」

「走嘍！【跳躍】！」

她從沒多少空間能踩的山頂跳上空中，凌空製造踏點不斷往上高高躍起。

「哇……真的到了。」

「怎、怎麼了……咦？」

藉踏點跳了幾次後，兩人的身體脫離重力束縛般開始飄浮，還有個深藍色的魔法陣清晰地浮在正上方的藍天中。

「哈哈，如果有其他人也這樣亂試，真想認識一下。」

「哇哇！」

「要傳送嘍！」

莎莉這麼說之後兩人就一起消失，不久深藍色魔法陣也在空中消散不見。

梅普露將閉上的眼睛慢慢睜開。身體依然有飄浮的感覺，周圍景象看得很清楚。

之前和莎莉一起在地底下看的景象，是彷彿置身於夜空中的感覺，但這次有明顯不同。

現在她整個人就飄浮在夜空裡。

雖然不是真正的天空，但她一點也不介意。掠過眼前的光，近得就像將地上所見的星空截出一塊，投身其中一樣。

輕飄飄的感覺中，她和一起傳送過來的莎莉背靠著背。

「真的就是這裡耶，有點嚇到。」

「妳突然就往天上跳了。那種的不會碰巧發現吧？」

「難說喔，妳就說不定會在武器自爆的時候不小心飛進去。」

「哈哈哈哈……」

「竟然不否認……」

莎莉轉頭往梅普露看，抓下掠過眼前的一團光扔給她。

「呵呵，這樣就是流星了。」

「可以抓起來啊！」

梅普露也學莎莉抓團光扔回去。

「嗯～這裡就像是個小小的宇宙呢。」

「啊，這樣說比較好懂！」

梅普露和莎莉就這麼飄呀飄地互丟光團，坐在特別顯眼特別大的月彎上看星星。

「啊，都忘了有請伊茲姊做吃的。」

「咦，真的嗎！」

「嗯，我拿出來。不過……」

莎莉從道具欄取出野餐籃，結果差點讓它飄走。梅普露急著撲出去想抓回來，莎莉趕緊扶住她，兩人七手八腳地拿出籃裡的食物和飲料。

「乾杯～」

「嗯，乾杯。」

「嗯～好吃！……今天有好多事都讓人想起剛開始玩的時候喔。」

「雪山的強敵、在夜空下吃飯，還有我的技能這些？」

莎莉的話讓梅普露睜圓了眼。

「嘿嘿嘿，妳也這樣覺得啊？」

「嗯……回想起來，真的滿懷念的。」

「可是伊茲姊的菜更好吃喔。」

「說得也是。」

莎莉一手拿玻璃杯，一手抓住掠過眼前的光把玩。

「啊，下次我一定要找一個絕景給妳看！不過活動快開始了，可能要過一段時間就是了。」

「等妳找喔。」

「嗯！等著吧！」

賞了一會兒星空，莎莉忽然拋開手上把玩的光，喝光飲料。

「好想一直待在這裡喔。」

「嗯嗯！超漂亮的！」

「呵呵……就是說啊。」

但她們總不能真的都待在這裡，清空野餐籃後，兩人不忘承諾，準備帶紀念品回

去。

「這裡的紀念品就這個了吧。」

莎莉抓下幾個星星，星星跟著變成道具，裝進了瓶子。

「叫做『一撮星塵』耶。」

「一人送一瓶！……應該不會半路消失吧？」

「應該是不會啦。」

兩人就這麼替每個公會成員準備紀念品，結束活動前最後的觀光。

# 尾聲

距離最後的觀光又一段時間，官方公布了第九次活動的詳情。

這次並沒有專用場地，各階層都會新增期間限定的怪物，整體累積擊殺數將影響到第八階地區部分初期區域的開放，和技能銀幣的數量。

【大楓樹】成員們看完詳情，發現氣氛不會太緊繃而鬆了口氣。

「好像也沒有公會排行榜耶，完全看玩家總共打倒多少隻的感覺。」

「我比較在意這個新怪物會掉什麼材料。這次活動跟第八階關係很深的樣子，說不定會有好材料喔。」

「這樣打活動可以順便升級，真好。而且每個人都有銀幣，會比較有動力吧。」

「畢竟最近幾次活動的難度都比較高嘛～我也很高興可以輕鬆打。又可以存魔導書了。」

「我們也要加油喔，姊姊！」

「唔、嗯！要盡可能多打一點，而且能學新技能……」

「可以等到下次活動再來想怎麼應付其他公會了吧……呼，好險。」

老實說，就算是現在有人找莎莉一對一決鬥，她心裡也不踏實。經過雪山的戰鬥，她深刻感受到即使自己是萬全狀態，也多得是一瞬間翻船的可能。必須多找幾個可用來應變的技能。

「能在第八階找到的話就好了……怎麼辦呢。」

莎莉的想像力正為未來的ＰＶＰ狂飆時，梅普露的腦袋已經被活動塞滿了。

「好久沒有這種要打好多怪的活動了～不過我現在有【暴虐】喔！」

梅普露用【暴虐】到處跑的畫面，在第七階打滾的玩家早已司空見慣。既然現在沒必要藏，正好可以用來彌補擊殺指定怪物所欠缺的機動力。

「那麼第九次活動就各自努力嘍！」

雖說是全體玩家合作的活動，像【大楓樹】這樣人人戰力高強的公會組隊行動效率反而差。最好還是各自單獨作戰，散開來狩獵地圖各處湧現的怪物。

【大楓樹】成員們也沒有意見，接受這個決定。

「既然打一隻算一隻，到人少的階層比較好打吧。說不定真的跟伊茲說的一樣，材料才是重點。」

由於每層新增的怪物等級不同，找適合自己打的地方才是上策。

「可是時間這麼長，有點奇怪耶。是要我們慢慢來嗎……」

瞎猜也沒用，霞便只說到這裡。

時間長這點，也讓大家想起獵牛活動時梅普露變成了什麼樣。

梅普露本人和不知道這件事的結衣和麻衣等全點型三人組，對其餘竊竊私語的五人是有那麼點好奇，但還是一起互相打氣。

「我們都要一起加油喔！」

「好！」

「又有銀幣可以拿了……」

為了接下來這個梅普露恐怕又要脫軌而令人高興又害怕的活動，【大楓樹】眾人展開了最後一次練等衝刺。

# 後記

一時興起而捧起第十集的讀者，幸會。一路看到這裡的讀者，請接受我無比的感謝。大家好，我是夕蜜柑。

能夠堅持到第十集這個二位數大關，我真的覺得慶幸。一到十集這段時間，我得到了各式各樣寶貴的體驗。漫畫化、手遊化、ＴＶ動畫化，每樣都是原本可能不會發生的事，能有今天真的全是拜各位所賜。

各位還喜歡ＴＶ動畫嗎？希望各位喜歡。原本純由文字構成的這個故事，現在也來到角色出聲說話的時候了，讓我有種感動又非常害怕的奇妙感覺。說不定現在各位翻閱時，能從字面上更加鮮明地感受到角色的表情或聲音。但這不是因為科技進步，而是許多人以各種方式支持的結果。一件我獨自開始的事居然能發展成今天這樣，真的太不可思議了。

續集方面，還請各位耐心等待。我也會努力將梅普露她們的冒險後續呈獻給各位的！

回到第十集本身，故事到此暫告一段落，氣氛接近第一集。希望各位喜歡梅普露和莎莉的探索與觀光，以及她們的新朋友。回想起來，新角色的模樣能很快就與各位心目中的形象一致也是一件很奇妙的事。梅普露的外觀，是經過一年多以後才有第一張圖的呢。體感或許是一轉眼的事，但實際上還是過了一段不短的時間。

一不小心就回想個沒完了，這次請讓我到此收筆。抱歉一再重複，漫畫版、手遊、TV動畫，當然還有小說這邊，都請各位多多關照！

我已持續了很長一段時間。

梅普露等人的故事仍會一直持續下去。

未來也請各位多多支持。

期盼我們在未來的第十一集再會！

夕蜜柑

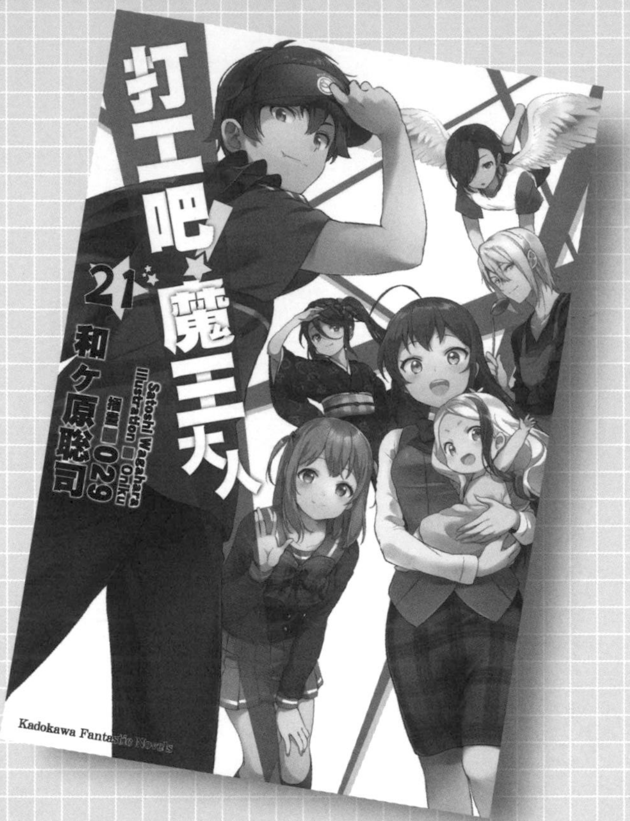

## 打工吧！魔王大人 1~21（完）

作者：和ヶ原聡司　插畫：029

**日本2021年宣布製作第二季電視動畫！**
**打工魔王的庶民派奇幻故事大結局!!**

魔王與勇者一行人前往天界挑戰神明的滅神之戰最後將會如何發展!?勇敢追愛的千穗可否獲得幸福!?優柔寡斷的真奧到底情歸何處!?這群來自異世界的人能否繼續在日本安身立命過著安穩的生活呢!?平民風格的奇幻故事，將迎來感動的結局！

各 **NT$200~300／HK$55~100**

# 七魔劍支配天下 1~4 待續

作者：宇野朴人　插畫：ミユキルリア

**最強魔法與劍術的戰鬥幻想故事第四集登場！**
**2020年《這本輕小說真厲害》文庫本部門第一名！**

金伯利魔法學校再次迎來春天，奧利佛等人也升上二年級。照顧新生、新的課程和各自的修行，讓他們每天都忙得不可開交。有一天，他們決定去學園附近的魔法都市伽拉忒亞散心，一起吃喝玩樂，完全不知道那裡最近有危險的砍人魔出沒——

各 **NT$200~290/HK$67~97**

# 八男？別鬧了！ 1~17 待續

作者：Y.A　插畫：藤ちょこ

**威爾的老婆們都順利生下小嬰兒**
**然而貴族的孩子剛出生就得訂婚!?**

艾莉絲順利生下兒子，威爾一進房間就發現自己的孩子在閃閃發光，原來小嬰兒一出生就有魔力！之後其他孩子也接連誕生，威爾大感欣慰之餘，但又為了孩子才剛出生就得訂婚等麻煩事挫折不已。為您送上貴族家生小孩種種酸甜苦辣的第十七集！

各 **NT$180~240/HK$55~80**

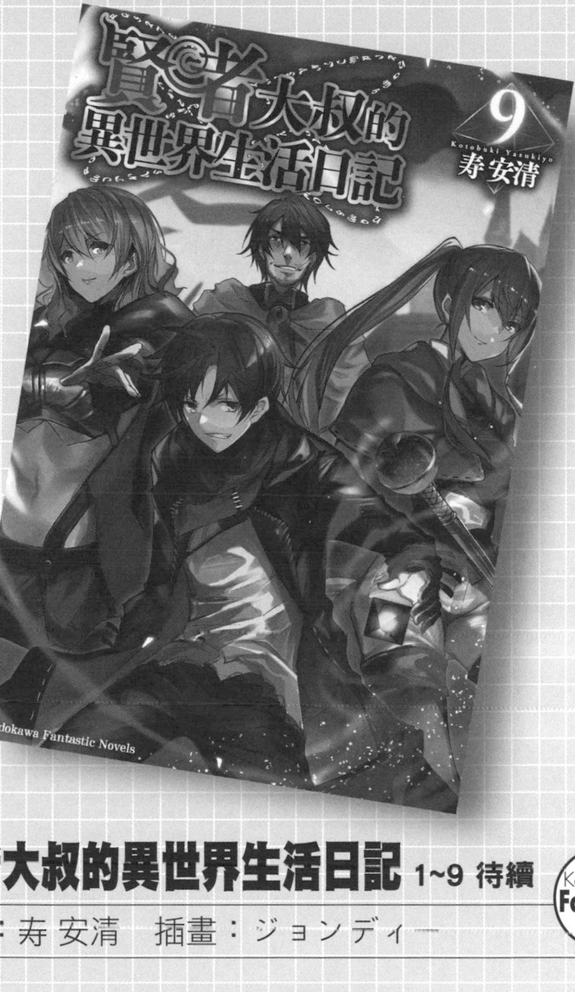

## 賢者大叔的異世界生活日記 1~9 待續

作者：寿 安清　插畫：ジョンディー

**大賢者大叔和魔導士玩家亞特聯手**
**與恐怖的強大巨蟑展開壯烈戰鬥！**

傑羅斯接受前公爵・克雷斯頓的委託，前去調查發生在國境周遭，原因不明的魔物失控事件。他碰巧與同是轉生者的亞特重逢，於是大賢者＆賢者將聯手，與巨大小強「強大巨蟑」壯烈戰鬥！結果卻發展成了超令人意想不到的結果!?

各 **NT$240/HK$75~80**

國家圖書館出版品預行編目資料

怕痛的我,把防禦力點滿就對了/夕蜜柑作；吳松諺譯. -- 初版. -- 臺北市：臺灣角川股份有限公司, 2021.03-

冊； 公分. -- (Kadokawa fantastic novels)

譯自：痛いのは嫌なので防御力に極振りしたいと思います。

ISBN 978-986-524-281-7(第8冊：平裝). --
ISBN 978-986-524-282-4(第9冊：平裝). --
ISBN 978-986-524-619-8(第10冊：平裝)

861.57 110000942

Kadokawa Fantastic Novels

# 怕痛的我，把防禦力點滿就對了 10

（原著名：痛いのは嫌なので防御力に極振りしたいと思います。10）

2021年7月26日　初版第1刷發行
2023年8月10日　初版第4刷發行

作　者：夕蜜柑
插　畫：狐印
譯　者：吳松諺

發行人：岩崎剛人
總編輯：蔡佩芬
編　輯：黎夢萍
美術設計：黃永漢
印　務：李明修（主任）、張加恩（主任）、張凱棋

發行所：台灣角川股份有限公司
地　址：104台北市中山區松江路223號3樓
電　話：（02）2515-3000
傳　真：（02）2515-0033
網　址：www.kadokawa.com.tw
劃撥帳戶：台灣角川股份有限公司
劃撥帳號：19487412
法律顧問：有澤法律事務所
製　版：巨茂科技印刷有限公司
ＩＳＢＮ：978-986-524-619-8